「学びて、習う」（心と力を磨く）

人生は自分次第で面白くなる

日比野　満
（日比野設計　創業者）

まえがき

人生にはいろんな法則があるようですが、日増しに私が強く感じるようになったのは、「自分の人生は自分で創っている」ということです。

それは、本書の著者である株式会社日比野設計の創業者、日比野満氏のコラムを10年に亘って読んできたことが大きく影響しています。

私が常に思っていることは、「人には向上心がある」ということです。それは、自分の成長を感じとった人達が、心の底から喜んでいる姿を見てきたからです。

その一方で、自分が抱えている問題を解決できずに、悩み苦しんでいる人も見てきました。しかし、その人達もまた本当は向上心に火を点《つ》けたい、しかしどう火を点けたらいいかがわからない。だから悩み苦しむのだと思うのです。

宇宙ロケットに燃料が満載されていても、それに点火されなければ飛び立つことはできません。大事なのは、どうやって自分の向上心に火を点《てん》じるかです。

本書は日比野氏が書き続けてきたコラム１１００編から１０６編を厳選してまとめたものです。その一つひとつのコラムを丁寧に読んでいくと、間違いなく心に火が点きます。

それは何故かと言えば、——日比野氏は、ただ私は先達の教えを学び、自分が感動したこと、勉強になったことなどを伝えているだけ——と言いますが、自ら学び、自ら実践し、自ら得たことを、自らの言葉として述べているからです。

人は、どんなに素晴らしいことを学んでも、実践しなければ自分のものにはなりません。しかし「わかってはいるけど実行できない、長続きしない」というのが人間の常です。

その壁をぶち破る。

「建築を通して社会に役立ちたい」との志を以て仕事に取り組んできた日比野氏の言葉は、壁をぶち破る大きな力を秘めています。そして、縁を大切に、恩を忘れず、事業を発展させ、後継者への事業承継も済ませた日比野氏の生き方は、建築関係者だけでなく、全ての人に「やればできる」という希望と勇気を与え、間違いなく向上心に火を点じてくれます。

人は、どんな人に巡り会うかで人生が大きく変わります。本書にご縁をいただいた人は、何と幸せなことでしょうか。それを「活かすか、活かさないか」――そうです。それを決めるのは自分自身なのです。ありがとうございます。

平成30（2018）年11月吉日

株式会社 高木書房

代表取締役 斎藤 信二

— 目次 —

「学びて、習う」（心と力を磨く）

人生は自分次第で面白くなる

まえがき 3
序　章　意志の持ち方次第で人生は面白くなる
若い人の成長を願って 17
学ぶことは年齢や時代や職業を越えて必要 18
「経営はトップの器で決まる」の器とは？ 21
第1回のコラムは「原点回帰」 22
学んで習うことで人間は成長する 24
自らが先に学びコツコツとやり続ける 25
積小為大 ― 全ては一からの積み重ね 28
心身の充実こそ良い仕事を進める源泉 29
ルーチンと「運とツキ」のフロー理論 31
私のルーチン ― 剣道、草野球、テニス 33
「不易流行」を基本とした経営と建築創り 35
親孝行として「徳」のお返しをする 36

目次

第1章　自分を磨く、生き方のヒント

剣道で学んだ「先《せん》の先、後《ご》の先」　41
早起き ― 「やるのか・やらないのか」で差が付く　42
苦・楽 ― 苦労を知らないで「楽」（感動）はない　43
小さなことを積み重ねる　44
自己を深め、人生を深めていく三つの要点　46
発心、決心、持続心 ― 自己を高みに押し上げる　47
「志」を立て、行動に移し継続する　49
ギブアンドギブ ― 持てる力でトコトン尽くす　51

第2章　教育 ― 人づくりを学ぶ

投志 ― 人財に成長させられるかどうかが会社盛衰の原点　57
21世紀の人材育成 ― 「人間への投資」を　58
人生信条を持つ ― 何を信条とするか五つのヒント　59
森信三先生から学ぶ ― 人間形成三つの要素　60

先達の語録に学ぶ ― 大事なのは実践と継続 63
ノーベル賞受賞者のすばらしい感動語録 66
青春 ― 年を重ねただけでは人は老いない 69
建築が人間を創るとは ― 建築の持つ魅力が「人間を創る」 70
ドラッカー博士の教え ― 野球とドラッカー理論は共通する 72
続・ドラッカー博士の教え ― 「建築家・設計者の条件」 75
「小よく大を制す」 ― きめの細かいサービスで競う 77
「人物を創る」 ― 西郷隆盛の遺訓と「孟子」の言葉 79
人を植える ― 「建築創り」は人づくりから 80
人を植える ― 「こども家庭庁」で徳育を充実させる 82

第3章 仕事観 ― 働くということ

与えられた仕事を天職と考える 87
仕事をするに当たっての三要素 88
凡事徹底 ― 「きちんとした会社」を自分達の手でつくる 91
三本の矢 ― 合わせ方で足し算より掛け算になる 92

人生は「負けて、勝つ！」 93
「100-1=0」はある 94
建築家として心すべき仕事観とは 96
渾身満力《こんしんまんりき》―「信頼される人」になる 97
後生畏るべし―若者が先輩たちに追いつき追い越していく 99
私の座右の銘の一つ「物心両立」 100
守・破・離―道を極める 102
雑学大学―「縁づくり大学」 104

第4章　リーダー、プロ意識、健康

リーダーには才能や力量に加え「徳」が必要 109
建築士は皆、「ものづくり」のリーダーである 110
建築家（リーダー）としての10則 112
胆識《たんしき》―養うことはリーダーの不可欠な要素 114
私が選んだ25字の「孫子の兵法」 115
創業の精神＋ユニバーサルデザイン（UD） 118

創業者として語り継ぎたいこと 121
建築設計・監理においても突き詰めれば「要約力」 126
プロの条件 ― 進んで代償を支払う覚悟はあるか 128
私の成功観 ― なくてはならない人に成る 130
惜福、分福、植福の実践 131
幸福 ― 幸福の連鎖を生み出していく社会づくり 133
「ねむの木の子どもたちと、まり子美術展」 135
健康と繁栄 ― 生活習慣の改善ポイント 137
養生訓 ― 「三楽」「内欲と外邪」の制御 139
私の健体康心 ― 何よりも両親に感謝 141
笑う門に福来る ― 笑顔はビジネスや生活の要諦の一つ 143

第5章　徳ある人を目指す ― 信、縁、恩、運、ツキ

徳に基づき ― 徳は人として最も大切な心の在り様 147
徳をつくる ― 人間を人間たらしめる本質的要素は「徳」 149
繁栄の法則 ― 信を保ち、信を築く 151

利より「信」—「信」を以て良質の建築を創り上げる　153
恩 —「おかげさま」　155
名人 — 教育の原点は幼児教育から　156
運とツキの法則 —「志」の一念を積み重ねて呼び込む　158

第6章　論語 — 生き方、経営の教訓を学ぶ

孔子の人間学 — 朋《とも》有り遠方より来る　163
恕《じょ》とチーム力 —社会のお役に立つ会社に成長する　165
文質彬彬《ぶんしつひんぴん》— それを活かすは伝播力《でんぱりょく》　167
五悪・五善・五美 — 人間力を養う　170

第7章　建築は素晴らしい ＆ 節目は次に向っての出発点 — 感謝をこめて

二つの主力部門 —「幼児の城」と「福祉施設研究所」　175
岩の上に家を — 聖書の知恵は見事です　177
他喜力 —「顧客と感動を共有する」　179

コミュニティ・アーキテクト 182
「いいものをつくるには、いいものをみろ」 184
秋本番と近代建築 ― 辰野金吾の志、出会いを生かす 185
生き方 ― あなた方の天役は建築設計ですよ！ 189
禅と建築 ― スリムに贅肉をそぎ落とす 191
縁 ― 高齢者の増加と施設の問題 194
疾風《しっぷう》にして勁草《けいそう》を知る ― 有事にして建築の強さを知る 196
疑うがゆえに ― 鬼手仏心を信条として 198
嗚呼・宮古島……感じる園舎 ― 風を感じ「成長する園舎」 200
面白おかしな仲間の集まる職場でありたい 203
点・線・面・体 ― 連続させて構造や設備の機能を織りなす 204
日本の林業再生 ― 県産材を採用する 206
２０１１年・年頭所感……義利合一 209
創業40年 ― 偉大なるかな継続の力 210
充電退任 ― 積極的に組織刷新を図る 212
２０１３年、年頭所感 ― 「利他の心」 213

第900回、「心の持ち方」で人生は豊かになる 216
節目のコラム ― 今日は私、73回目の誕生日 218
コラム、第1000回 ― 感謝・感激・感動 220
2015年・年頭所感 ― ひたすら志に集中せよ 222
2016年・年頭所感 ― 「至誠」を尽くす 225

第8章 『致知』― 強い味方、学びの宝庫

賞味期限 ― 「人間にも賞味期限がある」 229
母のこと ― 啐啄同時 … 呼吸を合わせる 230
ヒト・モノ・カネ ＋情報が充実していれば「盛」 232
人材・人財から人物になる ― 才能と徳を併せ持つ 234
五つの〝自〟― 人間力にさらに磨きをかける 235
魔性《ましょう》 ― 情熱とも、狂気とも言っていい 237
歩歩是道場《ほほこれどうじょう》 ― 逃げずに集中して取り組む 239
治に居て乱を忘れず ― 好景気時代に備える、利益の三分割法 241

あとがき　243

序章　意志の持ち方次第で人生は面白くなる

私は社員育成、特に若い社員には成長して欲しいと願って、2006（平成18）年1月1日の年頭所感を第1回目としてから約10年間、コラムを書き続け2016（平成28）年7月10日の第千と100回で区切りをつけ最終回としました。

本書を作成するに当たり、第千の100回では書ききれなかったことを、補足する形で章をまとめれば、私が伝えたいことの大枠を理解してもらえるのではないかと思い、序章を設けました。

陶工・河井寛次郎の名言に「過去が咲いている今、未来の蕾で一杯な今」があります。過去に蒔いた種が今咲き、いま蒔いている種は未来に咲くということに通じています。

その通りで、今努力していることは、時間をおいて報われると私は思っています。

自分の働き方や、意志の持ち方次第で、人生は面白くなるということです。面白いというのは、――もちろん人生には苦労は付き物ですが――人生が充実し、生き甲斐を感じ、夢や希望を実現していく、悔いのない人生を送ることができるということです。

「学びて時に之を習う……」を噛みしめ、自分の人生を価値あるものにしていきましょう。

若い人の成長を願って

当初から私の思いは「建築を通して社会のお役に立ちたい」（志を以て事に当る）ということでした。それで個人経営から半年後には、法務局に株式会社日比野設計として届けて法人化しました。昭和47（1972）年7月13日が会社の創立記念日になっています。

建築は、お客様の希望や私達建築士の技術や願いが相俟って、形なきものを形にしていく素晴らしい仕事です。それだけに大きな責任があるわけですが、それだけやり甲斐、生き甲斐、使命感が生まれます。

当然のことですが、建築設計事務所の仕事は、良質の建築を世に送り出し、お客様のご満足を通して社会貢献することです。それをスピード感を持って提供するには、一人や数人の社員では対応できないと仕事をしながら痛感してきました。

それで私は社員を少しずつ増やしてきました。第551回のコラムを見ると、創業10年目（1981年）には10名、15年目（1986年）には15名、20年目（1991年）には20名、創業38期の2009年には34名となっています。

それが現在（平成30年）では、海外にも拠点ができています。有り難いことだと思っています。ただ、社員は増えれば良いということではありません。一人ひとりが向上心を以て、質の高い建築を提供できるようでなければ、我が社が目指す顧客満足度の向上や社会貢献は絵に描いた餅になってしまいます。

そこで私は、社員の育成、特に若い社員を育成することに力を入れてきました。その方法の一つとして始めたのが一週間に一度を目処に発信してきたコラムです。

お陰様で日比野設計は、大勢の有能なスタッフの協働で、企画、デザイン、構造、設備、積算、監理、アフターケアなど、複数のプロジェクト業務を併行して進行できる会社になっています。これは社員一人ひとりが、人財として育ってきたことの証と確信しています。

その一端を担ってきたであろうコラムを、凝縮してまとめたのが本書です。

（「持続的成長」、第千の100回、2016年7月10日）

学ぶことは年齢や時代や職業を越えて必要

「人生二度なし」とは、森信三先生の言葉です。この短い言葉に、人が生きていく上で重要な奥深い教訓が秘められていると断言できます。

森信三先生と言っても知らない人もいるかと思いますので、簡単に略歴を紹介します。

「森先生は明治29年愛知県生まれ。大正15年京都大学哲学科卒業。昭和28年神戸大学教授。著書に『修身教授録』『人生論としての読書論』『人生二度なし』など、86歳まで全国を講演行脚した。平成4年逝去」

「人生二度なし」とは、別な言葉で表現すれば、「悔いのない人生を生きる」ということではないでしょうか。

そのためには、自分を成長させるしかありません。それを知れば、仕事に取り組む姿勢や心構えが違ってきます。多くの先達が語るように、辛く困難な道さえも自分を成長させてくれると思えるようになるのです。

そのことをひと言で言えば「人生の学び」ということですが、学ぶというのは、年齢を越え、時代を越え、職業を越えて必要なことだというのが私の信念です。

私は創業時から「お客様の満足と社会のお役に立つ」ことを達成するには、デザイン力、技術力を向上させることと併行して、もう一つ大事なことがあると言ってきました。それは、役員・社員が「**徳を積み**」、「**徳で物事を治められるように成る**」ことが大切ではないかということです。

そのためには、「人物を磨くこと」と「人物を創ること」であるとして、社員に向かって発信し続けてきたのがコラムでした。

創立記念日の週に最終回となる第千と100回までできました。やはり最後となると感慨深いものがあります。あれも、これもと伝えたいことはたくさんありますが、それは個々のコラムを読んでいただくことにして、特に強調したいのは2つです。

「**人づくり**」と「**持続的成長**（サスディナブル）」です。

2009（平成21）年8月30日、社長交代を報告し私は会長になりました。そして2011（平成23）年10月、第755回のコラム「充電退任」で、代表職退任のことを書きました。

持続的成長（サスディナプル）を願いながら、そうした決断を下せたのは、「人づくり」があってのことなのです。と言うより、そのように準備してきたと言ったほうが正しいかもしれません。
それは、どの企業でも考えていることでしょうが、現実は10年～20年後には半分以上が廃業し、百年後まで生き残っているのは千社のうち2、3社のようです。

生き残るには、社会的な課題にきちんと対応できる、持続的成長（サスティナブル）の企業であるかどうかが問われます。簡単に言えば、社会的に必要とされる企業であるかどうか、常に魅力ある会社で在り続けられるかどうかが問われるわけです。

お陰様で日比野設計は多くのお客様によるご支援、社員の皆様の努力、建材メーカーや工務店の皆様のご協力で、2016年で創業45周年になりました。

そのことを振り返ってみると、日比野設計の企業価値として次のことが言えます。

- **徳のある社員集団が社会的課題に挑戦を続けている**
- **過去、現在、未来につながるお客様や社会との連携ができている**
- **安定した財務内容である**

第三者の目で見ても、これらが続く限り企業の持続は可能であり、いつの時代でも有能な者に経営のバトンを渡せる「持続的成長」の会社だと考えます。

日比野設計は創業時代から「**未来を創る**」を指針として掲げてきました。それは「**お客様の未来を創る**」ことであり、「**社員の未来を創る**」ことなのです。今後も「持続的成長」のために、この指針の持続を期待するところです。

（「持続的成長」、第千の100回、2016年7月10日）

「経営はトップの器で決まる」の器とは？

「経営はトップの器で決まる」と良く言われます。第712回で書いたことですが、長く繁栄を続ける企業をつくりあげていこうとするなら、「徳」で治めていくしか道はないと、稲盛和夫さんの言葉を引用しています。

これを言い換えれば、経営者は人間としての器、自分の人間性、哲学、考え方、人格を磨けということになりますが、「人間としての器」とはどういう意味でしょうか。

一般的には、「あの人物は偉大だ」とか、「人物が小さい」だとか、人物の大きさの表現として受け止められていると思います。それを一歩進めて、器を考えてみたいと思います。

2016年6月20日付『日本経済新聞』の記事である、丸紅会長・朝田照男氏のコラム「経営の要諦」がヒントになりました。

朝田氏は、「**経営のミッションとは、持続的成長を通じて企業価値を高め、全てのステークホルダー（利害関係者）に報いることだ**」と説き、「会社が発展・成長し、繁栄するために必要なことは何だろうか」と問いかけています。

その答えとして、「**風通しの良い組織の下に、如何に多くの社員がモチベーションを高め、自由闊達にやる気をもって行動するか**」、そして「**会社の繁栄とは、如何に多くのキラキラと輝く社員と、会社をより良くしたいという思いを共有するか**」だと説いています。

さらに、「勿論、従業員を動かすには社長の強いリーダーシップが必要だ。しかし組織が大きくなればなるほど、社長一人だけでは組織は動かない」と記しているのです。

正にこのことこそ私が求めてきたことで、「**経営の要諦」は人だ！**　とする私の定義は、会社の大小を問わず最も大切なことと、大いに賛同するところです。

「経営の要諦」は人だ！　ということになれば、「経営はトップの器で決まる」の「器」は、トップ（経営者自身）だけのことではなく、共に仕事をしているキラキラと輝く社員も含まれると私は思うのです。当然、器が大きくなれば、会社は繁栄することになります。

逆に少しばかりの成功で謙虚さを失い、傲岸不遜、私利私欲の追及に走ることで、せっかく手にした成功を失ってしまうケースもあります。そうなれば、人も離れ会社の繁栄は望めません。

会社の経営は、トップと経営陣の器で決まるのは当然と言えるでしょう。

（「持続的成長」、第千の１００回、２０１６年7月10日）

第1回のコラムは「原点回帰」

それにしましても私のコラムを、社員の皆さんや社友の方々、工務店や行政の皆様も読んでいただいているようで、うれしく思うと同時に、拙文と駄文に少しばかり赤面するところです。

それが有り難く、感謝の言葉としてコラムの最後に必ず「ありがとうございました。」と記してきました。（本書では、それをカットしていますが感謝の気持ちは変わっていません）

想えば、始める前年に、「建築強度偽装事件」がありました。全ての建築関係者は、懸命に真面目に仕事をしているわけですが、改めて、「**襟を正して**」仕事をしなければ、国民の「不信、不安、不満」の解決にはならないと考えました。

その後、「建築強度偽装事件」については、法改正など色々な混乱を引き起こしましたが、収束から安定まで5年ぐらいかかりましたが、現在では社会の信頼も回復し正常な経済活動の中で、設計や工事が進捗しています。

しかし、昨年（２０１１年）の「東日本大震災」により、地盤の液状化現象対策や建築の副資材の強度も含めて、さらに改善を必要としています。こうした事件や災害が起こる度に、建築に携わる私達はどうあるべきかを考えるわけですが、私はやはり原点回帰だと思います。

ちょうど第1回のコラムのテーマが「**原点回帰**」でしたので、その一部を再掲します。

題・「**原点回帰**」

社員の皆さん、社友の皆さん、新年明けましておめでとうございます。心の中で、今年も、いや今年こそ輝かしい年にしたいと、願っていることと思います。昨年は「建築強度偽装事件」により、建築界のみならず、社会は大混乱となりました。

建築とは、言うまでもなく、社会の中でこれほど大きな影響を与える位置をしめているのです。竪穴住居や横穴住居の時代から、自然の猛威（地震や台風）に負けない強さと快適性を求め続けてきたのが、建築の歩んできた道であり、人々の生活史であったと思います。

それが、いとも簡単に、専門職である建築士や設計事務所、経済コンサルタント、デベロッパー、工務店などの儲け優先の悪のグループが人々の安全への期待を裏切ったのです。許されるべきものではありません。これらの関係者の故意による凶悪な建築犯罪は、法治国家において、真実が解明され、厳しい裁きを受けると思います。

同時に被害を受けた国民の方々の温かい救済と、再発防止につながる建築基準法や建築士制度の改革などの法整備を期待したいと思います。

私が社員の皆さんや社友の皆さんと共有して誇れることがあります。それは、私達の仕事は、これらの事件とは対極にあるということです。昨年も**「使い易く、美しい建築」を確実な強度で、**20件程社会に送り出し、建築のオーナーや使う人々から、ご満足いただいている声が届いているからです。こうして34年……今年もよろしくお願い申し上げます。

（「学ぶと習う」、第777回、2012年1月29日）

学んで習うことで人間は成長する

コラムでは、度々「学ぶ」ことの大切さを書いています。勿論、「学ぶ」ことは大切ですが、孔子は生活の中で、「習う」ことがより重要と表現しています。このことは、常に意識していないと理屈が先に立ち、実行が疎かになってしまいます。それを防止するためにも、しっかりと読み込んでください。

子曰く、「**学びて時に之を習う、またよろこばしからずや**」

通訳：学んだことを、日々習慣として復習したりすることが、実際の社会に役立てることになり、人様に喜んでいただけるという意味です。

子曰く、「**性、相近きなり。習えば相遠きなり**」

通訳：性とは、持って生まれた能力のことで、相近しとは、即ち、誰もがあまり変わらないという意味です。これを「習う」ことで習慣にすれば、相遠きとは、即ち、互いに道に違いが生まれ、大きな差が出るという意味です。習うことで人間は、成長するということです。逆に言えば、習わなければ成長しないということになります。

建築に取り組む者、資格に挑戦する者、「**一途、一心、一貫**」で取り組むというのは「習う」ことです。「コツコツ」とやり抜き、成果を手にして自ら喜び、周りを感動させてください。

（「学ぶと習う」、第７７７回、２０１２年1月29日）

自らが先に学びコツコツとやり続ける

人様からよく、「私は何かをやり始めても、長続きしないのです。継続するのに何か良いコツはありますか」と聞かれます。その度に私は、「みんな、本当は、継続したいんだ」と思います。それなのに、継続ができないというわけです。

おそらく誰に聞いても「特別な手」はないと思います。でも手はあるのです。その答えを私なりに言うなら、**コツコツを重ねる**ことです。ただ、本当はそれが一番難しいというのもわかります。

では、それをどう解決していくかですが、先輩や上司、仲間や恋人、家族などにやることを宣言したり、志や目標を掲げることも、継続の大きな力になるはずです。

わかり易い例で言えば、オリンピック選手も、パラリンピック選手も、ノーベル賞受賞者も、何か偉大な成績をあげている人は、コツコツを、自らの努力で一つひとつを積み重ねてきたからこそ、いまがあるのです。コツコツの努力無しでは、決して優秀な成績を上げることはできません。

コラムを書くことも、コツコツがあって可能となります。最初はネタを何にするか、うまく表現できるか、自分の考えは間違っていないだろうか、社員に理解してもらえるだろうか、等々の疑問が頭をよぎり、書き上げるまでに時間がかかりました。

それに毎週書くとなると、ネタ切れになり、書くことに息切れしてしまうのではないかという不安もありました。しかし社員にコラムを書くと宣言していますから、途中で止めるわけにはいきません。そこで気が付いたのは、「**自らが、先に学ぶ**」ということでした。そしてそれを文章化する。これが今となって、大変、幸いなことでした。

文章は、一文字、一文字の積み重ねで出来あがります。一文字の積み重ねがなければ文章は作れません。まさにコツコツなのです。しかも社員に向って書いているわけですから、いい加減には書けません。**それで私の学ぶ姿勢が積極的になり、学ぶことに喜びを感じ、まとめる力が身について**いきました。

コラムを始めたのは、**社員を育てることが目的でしたが、社員と共に私自身も育つことだったの**

です。コラムを通して私は、「**人生の勝負はコツコツにあり**」と確信するようになったのです。

第1１2回では「一貫《いちつらぬく》」、第774回には「一途、一心、一貫」、第755回には「積小為大《せきしょういだい》」、第千の7回では「コツコツと生きること」などを書いていますが、それはコツコツの大事さを伝えたい私の心の現われなのです。

名人や名工、腕の良い職人さんと言われる人々は、自分の仕事に誇りを持ち、コツコツと一途、一心、一貫で取り組んできたからこそ、そう呼ばれるようになるのです。

私の好きな言葉があります。「**10年偉大なり、20年畏るべし、30年歴史になる**」です。イエローハットの創業者、鍵山秀三郎さんの言葉です。

これは、個人においても法人においても、**一つ決めたらコツコツとやり続ける**、持続することの大切さを教えてくれています。趣味でも仕事でも、やり続けることが何より大切なのです。

20年畏るべしとは、怖いというのではなくて、相手を尊敬してやまない畏敬の念ということです。10年、20年、30年とやり続けている人は、間違いなく何かをつかんでいますから、周りから一目も二目も置かれるのです。その基盤はコツコツなのです。

仕事でも健康管理の面でも、生きることの全てにおいて、コツコツやることは、人々の才能や賢愚、生まれ育った境遇を超えて人間を成長させる、人生究極の歩みであると思うのです。皆さんはいかがでしょうか。

（「持続的成長」、第千の100回、2016年7月10日）

積小為大 ― 全ては一からの積み重ね

コツコツですぐに思い出す言葉が、「**積小為大**《せきしょういだい》」です。「**小を積んで大を為す**」と言うことですが、**二宮尊徳翁の教え**です。同意語でよく知られているのは、「**ちりも積もれば山となる**」です。「**一万石の米は一粒ずつ**」「**一万町歩の田は一鍬ずつ耕したもの**」「**万里の道も一歩ずつ**」など、誰もが理解できる勤労の指針です。

小さな会社でも経営を続けていますと、色々な数字のデーターが出てきますが、これも全て一からの積み重ねです。

尊徳さんは子供のころ酒匂川の洪水で田畑を全て失ってしまいます。それで捨て苗を拾い荒地に植えてその年の秋には一俵の籾を収穫することができました。「最初は小さなことであっても、コツコツと積み重ねれば大きなものに育つ」と学んだと思います。「積小為大」に徹して、生家の建て直しに見事に成功したのです。

また、借金に苦しむ農家には、夜勤で縄作りを奨励しその代金を返済させました。計画を立て、努力の継続で救済させたのです。自信が付くと意欲が出てきます。尊徳翁の「積小為大」に励む有名な歴史の話です。

私の個人的な感想ですが、明治維新からこのかた、政財界には語り継がれる大人物が大勢いますが、大正時代から昭和にかけての経済界の立志伝中の人物で、最右翼が**松下幸之助翁**だと思います。

結婚から創業時代は貧乏のどん底。苦難の壁が立ちはだかり、苦しみ、悩み、傷つき、苦悶し、格闘する中でも、夫婦共に決して逃げず、夫婦共に成長し、会社を伸張させたのです。

時代は違いますが、松下幸之助翁はどこかで二宮尊徳翁に学んでいるように思うのです。

松下幸之助翁の教えに、次のような言葉があります。

「人間は自らの一念が後退する時、前に立ちはだかる障害物がものすごく大きく見える。それは動かすことのできない現実と思う。そう思うところに敗北の要因がある」

「百遍倒れたら百遍立ち上がれ。万策尽きたと言うな。策は必ずある」

素晴らしいですね。正に成功者の言葉だと思います。

困難から逃げない……国の歴史も、企業の歴史もそこから始まることがわかります。

（「積小為大」、第７５５回、２０１１年10月２日）

心身の充実こそ良い仕事を進める源泉

コツコツ、「積小為大」は、何事も一つひとつの積み重ねが大事であるとの教えですが、それには、一生、一事、一貫の取り組みが必要です。

２０１６年の月刊誌『致知』２月号の特集が「一生一事一貫」でした。その中に、「**10年一区切り必死の2年**」の言葉を見つけました。物事が成功するには、最低10年は必要ですが、ただ10年あればいいのではなく、寝食を忘れた必死の2年がなければ物事は成就しないというのです。

正にそうだろうと思います。これを理解できるのは、私も同じことを経験したからです。44年前に同僚と二人で日比野設計を創業したわけですが、寝食を忘れ必死も必死で、「一心不乱、無我夢中」でした。

同時に月刊誌『致知』の文中には「**諸縁に恵まれ**」という言葉もありました。このことも私もまったく同じで、多くの方々に応援いただきました。今、思うことは心から「感謝」することばかりです。もうすぐ（2016年）3月には75歳になりますが、健康で「一生一事一貫」で歩むことができた人生を幸いに思います。

若い方々にアドバイスしたいことがあります。充実した働きをするための5つの心得です。

「5つの心得」

1、常に「**感性**」を磨け。……「感性」の高い人は「感謝」の気持ちが高い人。それが「謙虚・素直さ」に発展していくのです。

2、「**正直**」であること。「正直」な人は強い人。裏表のない人は信頼を集めます。

3、「**思考の三原則**」……安岡正篤師の教えです。①「本質を見る」、②「物事は多面的に見る」、③「枝葉末節に捉われない」です。

4、「**本を読む**」……本を読む人の言葉には説得力があり、力強さがある。洞察力を養うことのできる「本は知恵の泉」である。

5、**朝食を毎日欠かさず一日三食をきちんといただき、常に軽運動をコツコツと心掛ける。**

人間関係や仕事でストレスをためずに、病気を予防する自己の健康維持スタイルを確立するところから始めてください。心身の充実こそ良い仕事を進める源泉であると確信します。

今日（２０１６年）1月17日は21年前に阪神大震災が発生した日です。防災と減災について改めて誓いを新たにすることが大切です。犠牲者の冥福を祈り、遺族や被災者にもお見舞い申し上げます。合掌

（「一生一事一貫」、第千の74回、２０１６年1月17日）

（「思考の三原則」、第６２７回、２０１０年6月23日）

ルーチンと「運とツキ」のフロー理論

「5つの心得」は、そう簡単に実行できるものではありません。そこで私が勧めたいのが「ルーチン」です。

「ルーチン」と言えば、ラグビーのワールドカップ（２０１５年）で注目された五郎丸歩選手を思い出します。五郎丸選手はキックの前に必ず同じ一連の予備動作を行います。「ルーチン」と呼ばれる独自の流れです。

ルーチン（rout ine）とは日頃の努力や工夫、決まった手続きや手順、日課のことですが、それをやることで、日頃訓練で積み上げた実力を発揮できるようになります。スポーツ選手では大リーガーのイチロー選手が例に挙げられます。

それは仕事でも、個人の生活でも同じです。朝起きてから会社のデスクに座るまで、夜寝る前など、自分なりの「ルーチン」を確立するのは大変良いことです。これも思いついた時ではなく、一年、二年、三年とほぼ毎日続けるのです。やっぱり第780回で紹介していますが「**5つの自：自己責任、自助努力、自己判断、自立、自律**」を確立した者の証となるでしょう。

コラム、第697回「運とツキの法則その3」で書きましたが、スポーツドクターの辻秀一さんが「ルーチン」に共通することを述べています。トップアスリートや成長企業が実践し、著しい成果をあげているフロー理論、即ち「**運とツキ**」を掴む心得です。（ポジティブ心理学）

「運とツキ」を掴む心得とは、「揺らがず」「とらわれず」です。これ、ルーチンに似ていると思いませんか。フロー理論には三大条件があるそうです。

その1、外側の出来事ばかりに気をとられないで、脳を内側に向かせ、自分の感情に気付く練習を徹底的に行う。

その2、フローでいることの価値を認識。フローの方が仕事の効率が良くなる。夜ぐっすり眠れる。フローが起こった先にどんな良いことが待っているかを考える。

その3、嫌だなあ……というような、ノンフローな心を人間は生み出してしまう。こういう心に支配されない。

そして、これらの条件を基に心をフローにする四大ツールとは「**表情**、**態度**、**言葉**、**思考**」だそうです。うむ～。なるほど、すごい！　日常の生き方が人生を決めるということですね。

（「ルーチン」、第千の62回、2015年10月11日）

ぱいです。

私のルーチン — 剣道、草野球、テニス

ルーチンに関して私自身の健康維持のことを書いてみます。こうして書けるのも日々の実践を継続できたからです。読んでくれる人がいると思うと励みになり、「お陰様で」と感謝の気持ちでいっぱいです。

10歳から32歳まで剣道を20年ほど、高校剣道と学生剣道を修行しました。

どのレベルにおいてもチャンスのタイミング「**先**《せん》**の先**《さき》**、後の先**」があります。

高校生のレベルでも、今！　打つべきということは度々あるのですが、チャンスを確実な一打にすることができるのは、日頃の「鍛錬」だということです。「打って反省、打たれて感謝」という教えがありました。宮本武蔵は「千日を『鍛』、万日を『練』」と、言ったそうですが、古き時代のこと、続けた「鍛錬」の「質と量」が生死を分けた打機だったのです。

30歳代の10年ほど草野球に打ち込みました。

会社を設立し社員が増えるにつれ、社員間の呼吸を合わせる必要があると思ったのです。下手は下手なりに、団体スポーツが、皆で「**心と力**」を合わせるのに役に立ったと思っています。草野球と言えど、会社の社員面々でつくるチームです。日頃の練習はほとんどなしで、土、日に試合のス

ケジュールが入るのです。

社員個々の能力や性格など実に頼もしくもあり、面白いところでした。ヒットや美技の反対に三振や凡打、守備のエラーも含めて、会社の厳しい実務から離れたスポーツが、個々のストレスを解放してくれました。草野球と言えど、ここ一番のヒット、この打者をおさえてピンチをしのぐとか、果敢な走塁など、レベルはちがっても「**機を活かす**」場面を度々体験したものです。

40歳から現在まで、テニスをやっていますが、すでに34年になります。

相手の厳しい打球にはやられますが、試合中に度々甘い球があるのです。この球を確実にポイントにつなげれば良いのですが、この処理をミスしてしまうことも度々です。こうしたプレイは考えてできるものではなく、体と腕が自然に反応するのが、日頃からのコツコツ重ねる練習から生まれるのです。

我々の楽しむ健康テニスでは、こちらの攻めるポイントの数と、相手のミスによるポイントの数でゲームは決まるのですが、「**機を活かし**」ながら、よく返球し球を持続することの多い方が概ね勝者です。

（「機を活かす」、第千の77回、2016年2月7日）

「不易流行」を基本とした経営と建築創り

事を為すに当たって、私が心掛けて守ってきた教えが、「**不易流行**」です。これは何としても伝えたい教訓です。

第873回のコラムで書きましたが、『海賊とよばれた男』（講談社）がベストセラーになりました。主人公のモデルは出光興産の創業者である出光佐三さんです。戦前戦後を通じての会社経営理念が家族主義経営であったわけですが、「**古き良きものを堅持しつつ、新しきものを積極的に取り込んでいく**」という「不易流行」の人でもありました。

改めて本を読み、出光佐三という人物に感動し、企業経営者として一本筋が貫いていた胆の据わった人物であったことがよくわかりました。

私は30年程前から経営と建築創りに「不易流行」を取り入れてきました。構造改革とか技術革新は大切なことですが、これは、守るものは守りながら、変えるものや切り捨てるものは大胆に進めると言うことです。

「不易」は気候風土、春夏秋冬、花鳥風月など、自然界の変わらないこと。俳人芭蕉は奥の細道の旅で、この言葉を体得し、発句の理念としました。人間の情愛などを含めて、人間として基本的な気質とその生活は、科学技術がどれだけ進歩しても変わらない領域です。

この「不易」に対して、「流行」は変化することです。道具立てやシステム、技術革新により捨てるものと新たに採用するものなどのことです。私は「不易」と「流行」のバランスの良い設計を心掛けたいものと常々考えています。

「不易を知らざれば基立ちがたく、流行をわきまえざれば、風あらたならず」です。……何事にも通じることです。私は建築設計の道にも大切な教えと昔から思っていますが、どんな職業においても共通だと思います。

（「人間学入門」、第千の61回、2015年10月3日）

親孝行として「徳」のお返しをする

コラムを千と100回書き続けて、一番多く書いたことは「**徳**」のことでした。それだけ私の思い入れが強いということです。

「徳」に関していろいろ書いてきましたが、第462回で書いたことで、若い方々にはまず、ご両親の「徳」に触れ、親孝行として「徳」のお返しをしてほしいと思います。

これは「心」であり、「徳」のお返しは「心」のある温かい言葉から始まるのです。

建築を志す者、職業として歩み出した者、「徳」の何たるかを「知る、感じる」ことが成長の証となると思います。

感性を磨いていけば、お客様の「徳」に触れ、感動をいただくことが多くなり、最高の人生を歩めることになると思います。

やっぱり人生は「徳は得なり」に尽きると役員・社員に伝えたいのです。「徳」とは中国では古来から「仁」「義」「礼」という三つの言葉で表わしていました。
・「仁」とは、他を慈しむこと。……「恕《じょ》」ですね。
・「義」とは、道理に適うこと。……「公私混同」しないことを含めてやっぱり正義です。
・「礼」とは、礼節をわきまえていること。……親、兄弟姉妹、恩師、友人、先輩、後輩、お客様など関わる方々全てにです。

（「持続的成長」、第千の１００回、２０１６年7月10日）

親孝行

40年前の創業時代から、月曜の早朝会議を続けています。この会議などで常々、社員の皆さんに対して、「ご両親を大切にしなさい。年末年始や五月の連休に帰省した折は、ご両親に手土産と、土産話として自分が担当している設計の仕事を報告しなさい。夜も遅くまで取り組んでいるし、甘くない仕事であることも、全て報告しなさい。現場では、真夏の暑さや冬の寒さの厳しさ、自分も身に沁みるけれど、工務店の方々はさらに大変であることなど、建築創りの厳しさを伝えてほしいのです。

同時に、自分に与えられた天職のように思えること、自分は今、建築に燃えていることなど、伝えてほしいのです。これこそが、真の親孝行です。あなたの親はあなたが苦労していることと、そこから成長していることを知り、どれほど心から喜ぶことでしょう」

と、私は言い続けています。あなたと親の関係はこの世で唯一無二、世界で70億人の中で唯一つの親子関係です。

（「後生畏るべし」、第768回、2011年12月12日）

第1章　自分を磨く、生き方のヒント

第8章で「歩歩是道場《ほほこれどうじょう》」という言葉を取り上げています。日常の一挙手一投足、そのすべてが自己を鍛える道場だという意味です。

自己を磨くに、これほどふさわしい言葉はないのではと思います。

福沢諭吉の『学問のすすめ』で、「天は人の上に人を造らず人の下に人を造らず」、という有名な言葉があります。この言葉だけで「人間は平等」と解している人もいますが、それは一面的です。

その後『実語教』に「人学ばざれば智なし、智なき者は愚人なり」という言葉があります。つまり「**賢人と愚人との別は、学ぶか学ばないかによりてできるものなり**」と諭吉は言っているのです。

人間には必ず向上心があります。それが刺激されると心からの喜びを感じます。愚人では、それを味わうことはできません。

私のコラムが、皆さんの知的好奇心を刺激して、賢人になる手助けになれば幸いです。

剣道で学んだ「先《せん》の先、後《ご》の先」

若い頃、剣道に夢中になり4段をいただきました。「先の先、後の先」は、どのスポーツ競技にも通じる勝負の「あや」であると思います。

先《さき》に仕掛けることを先《せん》と言い、先に仕掛けて目的を果たすことを「先《せん》の先」と言います。しかし、先に仕掛けて全て成功するとは限りません。

「後《ご》の先」とは、仕掛けられたことを受けて捌き、目的を果たすのです。剣道の場合は、相手が面を打ち込んできた時、出鼻をくじく出小手とか、面を打ち込んできた竹刀を払い相手の面を打つことです。

同じ面を打ち込んできた時、抜き胴で一本取ることなどが「後の先」というのです。

柔道では相手の力を利用して投げを打つとか、ボクシングのカウンターパンチもこの類です。

武道では高段者が、技の冴えを「後の先」として、捌きを見せることが多いと思います。

しかし**速さ**は何事にも第一で、こういう言葉があります。**「受けに勝つ先の速さ」「先を受けて先に勝つ速さ」**です。このどちらにも勝負の「あや」があるのです。

テニスの話で譬えれば、相手のストロークを、ロビングとして球筋を切り替え返球することが「後の先」で、速くて高く深い球だと成功する確率が高いのですが、あまいロビングは相手のスマッシュにやられます。仕掛けたり、仕掛けられたりの球捌きを休日に楽しんでいますが、ボレー合戦なども剣道に通じると思っています。

（「先の先、後の先」、第129回、2007年3月6日）

早起き ―「やるのか・やらないのか」で差が付く

早朝会議

朝7時45分から役員会、8時20分から社員全員の朝会議。毎週月曜の朝にこうして会議を続けてすでに40年。私はすでに約1600回程開催したと思っています。

さて、表題の「早起き」ですが、私は5時に起き、朝食をいただいてから自宅を早朝6時20分に出ます。冬はまだ暗くて車はライトを点けて走ります。住まいが会社から遠い者は多少の苦労もあるでしょうが、今後も伝統として続けてほしい願っています。

行動

「早起き」の効用の話は昔から数々ありますが、昨年末、2011年12月29日付『産経新聞』の「産経抄」で感動の記事がありました。

「早起きの効用は昔から知られているが、カレーの全国チエーン店「CoCo壱番屋」創業者の宗次徳二さんほど、徹底している人はまれだろう。20年以上前から、朝4時台には出勤していた。その習慣は、社長引退後も変わらない。『早起きは三文の得』と言いますが、私に言わせれば、『早起きは3億の得。超早起き（4時前起床）は30億の得』……宗次さんの著書によれば、**『モノや値段のサービスより真心』**『**一年で一つのきちんとした目標を達成し、それを毎年重ねていく**』、自ら『率先垂範』して現場で働く。児童養護施設の出身という。その宗次さんが、一代で年商700億円の企業を育てた秘訣は……何にでも応用できる」

と書いていました。すごい！　この秘訣の応用は誰にでもできるチャンスがあるわけです。設計者、企業の方々、スポーツ選手、受験者の誰でもが、「コツコツ・一途にやる」「早起き」に共通するわけで、結局のところ、「**やるのか、やらないのか**」で差が付くわけです。

（「早起き」、第775回、2012年1月18日）

苦・楽 ― 苦労を知らないで「楽」（感動）はない

2010年5月の月刊誌『致知』の特集は「精進の中に楽あり」でした。名人・達人の仕事は、「狙った対象と一体」になっていると、射撃や弓の名手の話を書いていました。

私にもこの話に通じる思い出があります。平成10年の神奈川国体の弓道会場を設計担当しましたので、大会を観戦しました。全国から集まった選手の中でも、さらに決勝戦に残る程の上位の選手は、静寂の中、何本かの矢もすべて遠的60 m先の的を射抜いているわけで、勝敗は数cmの得点差なのです。

なるほど、「狙った対象」と一体になっている表現がピッタリのように思います。

そういう腕はどこから生まれるのか。マグレではないことを私にはよく解ります。修練、鍛錬を繰り返して到達したことなのです。

仕事も同じです。創作期間中は寝ても覚めても、車の中でも、歩いていても、設計のこと現場のことを考えている。自分と仕事のことが一体になっている。大袈裟なようですがスタッフもそういう生活感覚です。

ある程度のことが解ってくると、苦労も苦労と思わなくなりますし、仕事が楽しいと思えるようになるのは事実です。プロスポーツ選手が「試合を楽しんでくる」とコメントする時がありますが、修練に修練を重ねてようやく試合となり、あとは力を抜いて「心・技・体」を一番良い状態で発揮しようという表現だと思います。この方が成果を生みやすいと思うこと、私も同感です。

いずれにしても、**「苦・楽」は裏表で、苦労を知らないで「楽」（感動）はないのは明確です。**

『致知』は、「精いっぱい、力いっぱい、命いっぱい生きた人でなくては味わえない楽しみ……精進の中の楽しみを味わい尽くす人生を生きたい」とまとめています。

（「苦・楽」、第601回、2010年4月6日）

小さなことを積み重ねる

日米で大騒ぎとなるニュースが届くような気がします。ほかでもないイチロー選手（42）の活躍です。あの有名なピートローズの持つメジャー歴代一位の4256安打まで、日米通算であと5本としたのです。

日米通算ですからアメリカの正式な記録にはならないと思いますが、それは別にして偉大な記録には米国民も認めることでしょう。メジャー通算で3000本まであと27本で、8月ぐらいには達成するでしょうし、この打者の記録だけでも野球の国アメリカでも30人ぐらいで、これらはみな殿堂入りしている名選手ばかりです。

イチロー選手が3年前の8月21日に日米通算4000本安打を達成したときは、その瞬間、観客は総立ちになり、チーム仲間と対戦相手の選手達はベンチから飛び出し、一塁塁上のイチロー選手を祝福しました。

試合はしばし中断し球場全体が大きな感動に包まれました。この映像は多くの方々も記憶していると思いますが、私も鮮明に憶えています。今年これから達成する瞬間は、日米両国民が前人未到の偉業を大きく称えることでしょう。

このことにイチロー選手は「**小さなことを積み重ねることが、とんでもないところへ行くただ一つの道**」と言いましたが、道を深めた人の見事な一言です。才能の上に日常生活における体の手入れや準備する姿勢があると思います。

こんな大偉業でなくても、誰でもが自分の職業の世界で「**コツコツ**」やれば、友人が、家族が、会社が、お客様が称賛してくれることはあると思います。「**一事一貫**」して積み重ねることの可能性を、イチロー選手が教えてくれているのです。

（「小さなことの積み重ね」、第千の96回、2016年6月11日）

自己を深め、人生を深めていく三つの要点

さらに一道を深めた人で、以前のコラムにも書きましたが、京都大学の元総長・平澤興氏の言葉に、「**努力することの本当の意味は人に勝つということではなく、天から与えられた能力をどこまで発揮させるかにある**」があります。……味わい深い言葉です。

どんな職業でも担当する仕事において、自己を深め、人生を深めていくことはできると思います。どうすればよいか。私の考える三つの要点を挙げてみます。

第一は、よしやるぞ！　という決意をする。決意無くして何事も始まりません。

第二は、優れた先達を見つけること。学校では教師、監督やコーチ、先輩。会社では先輩社員の教えを「**学びて習う**」ことです。どんな偉人や名手でも独りでは大成した人はいません。

第三は、先に書いた「コツコツ」「一事一貫」である。○○バカと言われるぐらい無我夢中になることで「**見えないものが見えてくる**」と先達がよく言います。

小さなことを積み重ねましょう。

（「小さなことの積み重ね」、第千の96回、2016年6月11日）

発心、決心、持続心 ― 自己を高みに押し上げる

「発心、決心、持続心」については第671回のコラムで書いています。それを見ると、月刊誌『致知』（2010年12月号）に掲載されていた吉田松陰の記事に学んだとありました。

今年（2015年）のNHK大河ドラマは、吉田松陰の妹・文が主役の「花燃ゆ」です。ここまで10回ほどの放映では、吉田松陰が大きな存在として描かれています。

明治維新の立役者である高杉晋作、久坂玄瑞、伊藤利助（のちの博文）など、多くの「尊皇攘夷」の志士達を育てた松下村塾ですが、現在放映の時代背景は、近代日本の幕開けの端緒で、歴史において最も大切なところと私は思って観ていますが、視聴率は良くないそうです。少し演出が暗いのかなとも思いますが、多くの人々に評価を受けるドラマ創りの難しいところです。

普通の感覚では、他国と友好条約を結び貿易などを促進することは、今の時代では当然のことで国民の支持が多いはずです。しかしこの時代、黒船来航というアメリカの要求により、日米修好通商条約を締結し交易を認めようとする幕府の動きに対して、反対する「尊皇攘夷」を唱える藩や志士たちが出てきて騒ぎ出すのです。

松陰は当時の長州藩では若き英才のようで、彼が可能な限り東西の書籍から学んだことを基礎にした思想は、「開国は拒むべし」ということです。

「アメリカ、列強による無理無体な開国は、断固これを拒むべし。まずは国力を付けるべきである。

そして、そのあとに開国すべき」

ということで、松下村塾の若者達は松陰の思想の下で志士として育っていくのです。

確かにこの時代のイギリス、オランダ、アメリカ、スペインなどの先進国は知力と武力をもって、東南アジアの国々を植民地化にすることを競っていたわけです。

なるほど、松陰は学んだ情報と知識で、「このままの幕府の政では、日本の国も危ない。もはや幕府では国を守れない」と、長州藩主に藩として幕府に意見すべきであるという建白書を提出するのですが、松陰の「誠」がこの時代としては先鋭すぎて通じないのです。

やがて「尊皇攘夷」に連座しているとして、「安政の大獄：安政5（1858）年から6（1859）年にかけての江戸幕府が行った弾圧」で、若くして斬罪となり命を落とすことになるのです。

それでも、松陰の思想を受け継いだ塾生たちが、明治維新を切り開いていくのですから、世の中を変えるのはやはり人であり、大切なのは人の教育ということです。

先に書きました吉田松陰の「誠」ですが、松陰曰く「実行するには、実（実行）、一（専一）、久（持続）が大切である」と。通釈：一つのことを実行し続ける時に、初めて「誠」の徳が発揚されてくる。……なるほど至言です。


さあ、やるぞと心を奮い立たせるのが「発心」です。

やると心に決めたことを実行するのが「決心」です。

そしてその「決心」をやり続けるのが「持続心」です。

小さな努力を「コツコツ」久しく積み重ねること、これこそが自己を高みに押し上げていく唯一の道なのです。これ、古今の「不易」と当時書きましたが、やはり今もその通りだと思います。

こんな言葉もあります。「**努力は母の如し**」「**鍛錬は父の如し**」「**連続は血となり、継続は肉となる**」「**継続は夢を実現する妙薬なり**」……いずれも重みがあります。

「**実績の差は、責任感の差。実力の差は、力の差。人物の差は、苦労の差**」

吉田松陰の「誠」や語録から学びました。

（「発心、決心、持続心」、第千の30回、2015年4月14日）

「志」を立て、行動に移し継続する

創業以来、私はじめ社員は「志」を立て、実現しようとする心意気を大切にしてきました。

「良質の建築を創ろうとする心意気」

「お客様に尽くそうとする心意気」

「社会に貢献しようとする心意気」

「会社を充実させ、社員共々前進しようとする心意気」

この心意気を実現するために、役員と社員は「**心と力**」を合わせ、継続させていくことが重要です。継続とは、表現を変えればコツコツやることです。

私はコラムで何度もそのことを書いていますが、先達は「継続は力」と教えてくれています。

前回は、吉田松陰の名言から「志」を立てることが、人間が生きていくことにおいて最も大切なことであることを書きました。

「志」の大切なことは、それを行動に移すこと、同時に続けることです。このことが、多くの人ができないのです。行動した人としない人では、差が出て当然です。

吉田松陰名言の続きがあります。……『努力は必ず報われる』です。

・一つの善きことをすれば、その善きことは自分のものとなるのです。
・一つの有益なものを得れば、それは自分に有益なものとなるのです。
・一日努力すれば、一日の努力が報われる効果があります。
・一年努力すれば、一年の努力が報われる効果があるのです。
・努力は正直です。

昨年（2014年）のノーベル物理学賞受賞の名城大学教授・赤崎勇博士の話は、「やりたいことをやり続けてきた」。2010年の受賞者である鈴木章博士でも、「日本は資源のない国、人とその人の努力で得た知識しかない」。根岸英一博士の話でも、「50年その道を歩き続けると結果が出る」。ノーベル賞受賞者の話は偉すぎて参考にならない、という方々もいるかもしれませんが、専門領域の話ではなく、仕事や職業が違っても、生きる姿勢や続けるその姿勢は真似ても良いと思います。

私の尊敬する鍵山秀三郎さんの名言に、「10年偉大なり、20年畏るべし、30年歴史になる」があります。これを、スポーツでも趣味でも個々の仕事でも、会社経営でも私は目標にしてきました。

昨年（2014年）の12月23日付『産経新聞』の「朝の詩」に「コツコツ」がありました。

「**コッコツ　コッコツ　私の師匠の話です　若い時は　わからなかった……**」という言葉があるのですが、素晴らしい詩だと思います。

生きること、仕事をすること、健康管理など、「コツコツ」やることが、人々の才能、賢愚、境遇を超えて、人生の歩みとして究極のように思いますが、皆さんはいかがでしょうか。

（「コツコツと生きること」、第千の7回、2015年1月6日）

ギブアンドギブ ― 持てる力でトコトン尽くす

2012年11月25日の第838回で「**ギブアンドギブ**」を書いています。当時の婦人公論編集長・三木哲男さんのコラムを読んでの感想でした。それを要約して紹介します。

「言うまでもなく、編集者の財産は人脈です。そして最強の編集者には『人と情報が寄ってくる』とのことでした。

そういう編集者はどのような人物なのか。よく、『できるビジネスマン』などのビジネス書には、《人脈づくりの上手いビジネスマンは、多くの人々と「ギブアンドテイク」で付き合っている》と書いています。つまり、相手から貰ったら、必ず返せと。貰いっ放しでは、いずれ人は離れていく。

……その通りではありますが、本当に『人と情報が寄ってくる編集者』は、実のところ『ギブアンドギブ』なんです。……ライターや作家が講演をすれば休日でも必ず出席しますし、何か調べものがあれば必ず協力します。『ギブ』することに喜びを見いだしているのです。『ギブ』とは何でしょうか。

お金やプレゼント、情報もありますが突き詰めると、私は時間だと思います。相手にどれだけ自分の時間を割いてあげられるか。プレゼントするにしても、それを用意する時間に価値があります。自らの睡眠時間や休みを削ってでも時間を提供できる人に、人は集まってきます。それなりの時間が熟成されたあと、結果的にテイクがびっくりするぐらいのものになって返ってきます。

本誌に掲載する時折のスクープは部員のもたらした成果で、言わば部員による『ギブアンドギブ』によるものです。本人たちは苦労だと思っていません。むしろ、楽しく躍動的な毎日を過ごしているのではないでしょうか。

……教育評論家の水谷修氏が、『一日一つでもいいから、人のために生きてみろ！　そうすると生きることが楽しくなる』と言っています。『ギブ』で生きている人には、私などとは違った世界が見えているのだと思います。想像でしかありませんが、その世界はとても人間的で信頼に値するものではないでしょうか」

これを読んだ時、これは雑誌編集者だけの特殊な世界のことではなく、どんな職業の仕事の世界でも同じで、いや特に私達の建築設計の世界に通じるものがあると、思ったのです。

建築事業主（施主）には「ギブアンドギブ」で、時間のある限り、自分の持っている知識と知恵、調査による情報、その周辺の資料などトコトン提供することですし、尽くすことなのです。

社内においても、先輩や後輩に係らず「ギブ」していく心意気が大切です。

想えば、ギブしてギブしていく生き方は、結果的に大きなテイクなることを74歳（2015年）の私が体験しています。

論語に「己の欲せざるところは、人に施すことなかれ」という教えがあります。……自分が嫌だと思うことを人にするなというわけですが、これをあの明治時代の経済界の重鎮・渋沢栄一さんが、これを逆に使い、「汝の欲するように、人に対してもやりなさい」があります。「自分がやってもらいたいことを人にしなさい」と言っているわけで、これは孔子による「恕《じょ》」であり、「利他の心」に通じています。

教訓：「ギブアンドギブ」は編集者の生き方の極意だけではなく、建築設計者・建築士の大切な指針でもあるし「不易」と考えます。

出会いを大切にした者が幸せになる

２０１５年7月11日（土）藤沢市民会館において、「新老人の会」主催による神奈川支部フォーラムに参加しました。第一部は聖路加国際大学名誉理事長・日野原重明先生の「１０３歳記念講演会」で、１５００人の会場は60歳以上で70歳台の方々が一番多く（私の見た目で男女比3:7）お年寄りの聴衆者で満席でした。

長寿日本の中で、私達は特別養護老人ホームなど老人関係の施設創りをしていますが、介護レベル４〜５の方々で平均年齢が77歳から80歳あたりだと思いますが、そうしたお年寄りを大勢見てきましたが、その視点からすると、講演者の日野原先生は１０３歳、今年の秋には１０４歳とのこと、まさに超人的なお年寄りです。

１５００人の前で大きな声で笑わせたり、なるほどと思わせる話をするのです。演台に手を添えていますが30分は立ったままでした。

演題は「**出会いから学ぶ**」で、「**人間の社会はとにかく人と人の出会いから始まる**し、**出会いを大切にした者が幸せな人生を送ることになる。出会いとは様々で、良き師との出会い、良き友との出会い、良き伴侶との出会い、良きお客様との出会い**など、老若男女問わず、学校で、職場で、地域で、どのレベルでも大切にした者が幸せになる」というお話は、まったくその通りで賛同するところです。

私達は創業時代から、「**因なくして可なし**」を大切にしてきました。これはやはり人と人の出会いのことで、因縁とか縁こそ、人の可能性を育むという教えで、日野原先生の教えと同じです。

（「ギブアンドギブ」、第千の47回、２０１５年7月12日）

第2章　教育　―　人づくりを学ぶ

説明するまでもなく、歴史も事業経営も世のあらゆるものは人によってつくられています。そう考えれば、人づくりがいかに重要であるかがわかります。

本書の全てが「人づくり」につながっていますが、本章では人づくりの教訓や、人づくりに関連する私の思いなどを書いたコラムをまとめてみました。

投志 ― 人財に成長させられるかどうかが会社盛衰の原点

２００９年10月29日付『産経新聞』の「平成『志』事術」欄で、マーケッティングコンサルタントの西川りゅうじんさんの面白くて参考になる文章がありましたので少し紹介します。

『投資』が**『投死』**になってはいかん。いつの世も、『ものづくり』を育てる『投資』こそ金融の本来の役割だ。私のような浮草稼業も、『ものづくり』のおこぼれに預かっているにすぎない。本来の**『投資』とは、人材ならぬ人財にかける『投氏』**、**後継者の教育にかける『投子』**、そして**『志』にかける『投志』**に違いない」

この表現は実に面白く、今後も参考にさせていただきます。

改めて書きますが「投氏」、「投子」、「投志」、「投死」など、こんな字の使い方があったとは知りませんでした。確かに、「投氏」、「投子」、「投志」は、なるほど大切です。国や会社など法人、個人においても、「投資」が「投死」になってはいけないと考えます。

第５５1回で「人材を人財」と題して書き、「志」についても書きました。私たちも「ものづくり」の会社です。今後も社員を人財に成長させられるかどうかが、会社盛衰の原点だと思います。

いよいよ２００９年11月1日より、私は会長になります。今までの立場と役割も少しばかり変わりますが、コラムはペースを落としても継続して書きます。

（「投志」、第５５2回。２００９年11月1日）

21世紀の人材育成 ―「人間への投資」を

今、「保育園の増設と整備、幼稚園の預かり保育の充実、認定こども園の普及」などにより、待機児童の解消と幼児の教育が、さらに全体に広がりを見せれば、共働きがし易くなり、このことが若い夫婦の生活が安定し、子どもを産み易くなる。これが少子化対策の第一歩だと考えています。

子ども達を育成することは、国家の後継者を育成することで、大袈裟なようですが「21世紀の人材育成」と私は思っています。このことが国の仕事として最も大切だと言うことを、私は15年前から提言して来ましたし、私のコラムでも度々書いてきました。こうした仕事には色々な角度から提言できますが、私は子どもの施設の充実というテーマで実践してきました。それが「幼児の城」なのです。

しかし、子ども育成の施策の成果を短期間に評価することは実に難しいのです。20～30年後の成果を期待する共通認識を、国民が共有することです。ご夫婦が「子育てと仕事」を両立させることができれば、これにより、合計特殊出生率が08年の1.37から、2.0、2.1と改善されていくと信じます。

今、国には約800兆円の借金があると報告されています。デフレ社会、不況社会において、税収が上がらないのに、即効性のない「人間への投資」は中々難しいと言われます。

「ダム、橋、道路」の目に見える具体的な投資の方が、景気刺激となることはよく解りますが、未来の日本の為に、「人間への投資」が、大きな政治決断として必要です。さらに政権党が変わっても継続する、変わらない政治の柱であることが何より重要です。

（「21世紀の人材育成」、第584回、2010年2月18日）

人生信条を持つ ― 何を信条とするか五つのヒント

第560回と第561回のコラムで、「語り継ぎたいこと」を書きました。これは私の「職業信条」とか「生活信条」をまとめたもので、私の「所信」「信念」「理念」です。「人生信条」と同義語と思っています。

致知出版社発行の『安岡正篤・人生信条』の中に「素心規《そしんき》」と題する条文があります。

《1、禍が福か、福が禍か、人間の私心でわかるものではない。長い目で見て、正義を守り、陰徳を積もう。

2、窮困に処するほど快活にしよう。窮すれば通ずる、又通ぜしめるのが、自然と人生の真理であり、教えである。

3、乱世ほど余裕が大切である。余裕は心を養うより生ずる。風雅も却ってこの処に存する。

4、世俗の交わりは心を傷めることが少なくない。良き師友を得て、素心の交わりを心がけよう。

5、世事に忙しい間にも、寸暇を偸んで、書を読み道を学び、心胸を開拓しよう。

6、祖国と同胞の為に相共に共感に感激を以て微力を尽くそう。》

一読、心を清新するものがあり、かかる信条を反芻しつつ、新年に臨みたいと思いました。

２００９年『致知』新年号の特集は「人生信条」でした。編集者は次のようにまとめています。

「人生に、信条を持つことは大事である。信条を持たない人は人生の途上に立ち込める雲霧に道を失いがちである。人は信条を持つことで、人生を軌道修正することができる。

ドイツの詩人ツェーザル・フライシュレン（１８６４〜１９２０）の著『心に太陽を持て』に、苦しんでいる人、悩んでいる人にはこう励ましてやろうという一節があります。『勇気を失うな。唇に歌を持て。心に太陽を持て』」と。全く同感です。

（「人生信条」、第５６２回、２００９年12月10日）

森信三先生から学ぶ ― 人間形成三つの要素

序章で紹介した森信三先生の言葉を幾つか紹介します。

・エネルギーというのは、出せば出すほど回転していく。出さなければふんづまりです。ふんづまりということは、半分死んでいるってことです。

・仕事は一気呵成にやり抜け。一気呵成にやる。直すのはゆっくり直して。どうしても中断せねばならない場合は、最低６割は峠を越えておくこと。これが仕事をやり抜く秘訣です。

・人間は無限の前進に懸けるところがなければならぬ。人間の生き方には、どこか「自己を懸ける」

という趣きがないといけません。人を使う人は、ある程度部下に懸けさせるということ。そこが優れた社長や幹部の条件でしょうね。……「懸ける」と、自分の知らなかった力も出てきます。そういう時には、社長や幹部との信頼度を実感します。そこに命と命の呼応が生まれる。……上役の苦心が分かりかけたら、たとえ年が若くても、他日ひとかどの人間になるとみてよい。それはなぜかというと、想像によって、自分の経験の世界の限界を越えとるから。それはね。一種の叡智の働きです。叡智ってものは、においをかいで、察するということです。

・一言、言うとすれば、上位者にタテつくことをもって、快とする程度の人間は、とうてい「大器」にはなれないと思う。そりゃまだ、見る世界が狭いっていうこと。親の気持ちさえ察しがつかんという程度じゃ無理。そういうことがにおいで分かりだすのが30過ぎ。これをいかに遅れんようにするのが、個々の本人であり、知らしめていくのが社長や幹部の苦心するところ。これが教育といえば、一番の教育だね。

――森先生は「人間いかに生きるべきか」をずっと求められてきましたが、森先生の言葉には「力」があります。

・この世に送られてきたその使命が何であるか解らないから、みんなそれぞれ神様から封書をもっとる。

――とも言われています。なるほど、我々はこの世へ封書を持って送られてきたんですか……。

・我々は自分自身の意志と力によって、この地上に生まれた人は一人もいない。……従って、いかなることが自分に課せられた使命かを突き止めねばならぬ。……30代後半から40くらいで分からなきゃ、後になって分かるという人は少ない。とにかく40前後。42の厄年とはよく言ったもんだ。もっとも偉人は38ぐらいで目を開いている。

森先生は人間を形成するのは三つの要素だと言われています。

一つは、血というか先天的な遺伝的素質。

二つは、逆境による試練。

三番目は、師匠運。

血というのは天与だからいかんともし難いが、第二、第三は後天的条件で、努力と精進次第で獲得できる。とはいえ、これとても天の恩寵と思わざるを得ない場合が少なくない。

しかし「縁は求めざるには生ぜず」で、**内に求める心なくんば、たとえその人の前面に良縁ありとも、ついに「縁を生ずるにいたらず」**と知るべし。

……求める心がないと縁も生まれないということです。では、血で劣る人はどうすればいいでしょうか？

それは先生（師匠）を求めればよい。

尊敬する人がなくなった時、その人の進歩は止まる。血は人間形成の上では重要な先天的な基盤だが、これがすべてを決定づけるわけではない。**いかに父祖伝来の立派な田畑を受け継いでも、これを手入れし、耕さなければ、いかなる沃土もやせ地に成り下がってしまう**のとおなじ。結局、**多少能力は劣っていても、真剣な人間の方が最後の勝利者でしょう。**（これ、森先生の結論です）

……なるほど、よくわかりました。

ああ～感動です。73歳（２０１４年）にして、森信三先生から学ぶことができました。

社員のみなさんも、建築に真剣に取り組んでください。先輩の意見をよく聞き、読書を重ね、自己を見つめ、実践を繰り返し、「人間力」を磨き、人生の勝利者を目指してください。

（「節目のコラム　その２」、第９５１回、２０１４年３月18日）

先達の語録に学ぶ ― 大事なのは実践と継続

「立志」すなわち「志を立てる」は、１００年前でも、現在も、そして１００年後も人間の社会では、老若男女もどんな職業に従事していても、最も大切なことであると多くの先達が教えてくれています。今回はその辺りのことを整理します。

『立志』……吉田松陰の言葉より
・「志と気が充実すれば何事も成し遂げられる」
……人生が充実しているかどうか、やるべき仕事や勉強がうまくいくかどうかは、「志」をしっかり立てているかどうかによります。「志」がしっかりすれば気も充実してきます。「志と気」が充実すれば目標が遠すぎて至らないとか難しくてできないということなどないのです。
・「何のためにするのか」

……重要なことをやろうとする者は、才能だけでやろうとしても無理なものです。知識や技術を身に付けただけでも無理なのです。必ず、何のために自分はやるのかという「志」で、気を率いて、物事にあたって初めて物事は成就するのです。

・「世の変革は、一人の志から始まる」

……わが「志」が固まって、それが沈んだり、あやふやなものにならないかぎり、必ず、同志が事を助けてくれるようになるのです。それでなくても自分が同志を求めているのです。どうして「志」に感じて応じない者があろうか、ありはしないでしょう。人が同志となり、天さえ味方になってくれるのです。

『一燈照隅』……安岡正篤（明治31年生まれ・東洋思想の研究をした教育者）の言葉より

・よく一隅を照らす者にして始めて、よく照衆、照国することもできるのである。微力をあきらめてはならぬ。冷に耐え、苦に耐え、煩に耐え、また閑に耐えて、激せず、躁がず、自強してゆこう。

・一隅を照らすとは、自分のいる場所を照らす。それがそのまま周囲を照らす。即ちその場になくてはならない人になる。

・賢は賢なりに、愚は愚なりに、一つのことを何十年と継続していけば、必ずものになるものだ。その仕事を通じて世のため人のために貢献する。そういう生き方を考えなければならない。

『努力を継続する』……平澤興（明治33年生まれ・元京大総長）の言葉より

・「ハチマキをして目をつり上げて」というような努力で、素晴らしい業績とか成果を挙げた人のことを今まで聞いたことはありません。命を懸けた努力は皆ある意味で非常にゆとりを持っていた。それはあらゆる知恵と愚かさを混ぜ合わせたような努力。私は人生というものは「志」を持って、一にも努力、二にも努力、三にも努力だと思います。

『長所と短所』……平澤興

・自分なんかさっぱり長所などないというふうに考えておられる方があるかも知れませんが、それは少なくとも生物学として見ますと、間違いであります。必ず長所はあります。長所を伸ばすにはやっぱりそれなりの情熱やファイトがいります。自発的に伸びようというふうな情熱的なものがなければ無理なようであります。

『人の間で生きる』……平澤興

・世の中は誰も見ておらんようであって、実はみんなが見ておるということは確かであります。「壁に耳あり障子に目あり」、うまく説明できませんが、私が70年生きてきた体験の一つです。人生においてやはり本当に大事なのは友達であります。人の幸不幸はよい友達を持つか、持たないかによって決まるとさえ言っている人がありますが、それはある面において本当だろうと思います。

『仕事の意義』……平澤興

・運というものは仕事なりすべての面でやるだけのことをやった人、徳を積んだ人、そういう人のところに来るもんだと思うのであります（第千の34回のコラム「運とツキの法則」に通じます）。

——先達の語録には、深さも重さもあります。現代人も感じる心があれば、いい感受性をもっているのです。あとは実践と継続です。

（「立志…一燈照隅」、第千の35回、２０１５年5月16日）

ノーベル賞受賞者のすばらしい感動語録

想えば、40年前スウェーデンの首都ストックホルムに旅行した折、ノーベル賞授賞式会場を視察したことを想いだしましたが、もうすぐ、（２０１４年）12月には名城大学の赤崎教授はじめ天野教授（名古屋大学）、中村教授（カリフォルニア大）が、かの地でノーベル賞を受賞することをイメージしますと、夢のような出来事ですが正夢です。

今回の赤崎教授はじめ二人の先生の研究と成果は、大変な苦労だったとのことですが、成果として、青色ＬＥＤの発明で、「第4世代の光」としてのトーマス・エジソン以来の光革命ということです。我が家もＬＥＤの光の恩恵を受けています。というほど、すでに世界の人々の生活に、街にも産業にも役に立っているのです。特にＬＥＤは省エネ効果が抜群で、世界のCO_2削減の切り札として寄与しそうです。

すばらしい受賞者の感動語録を新聞各紙から取り出してみました。

赤崎教授……「ちょっと半分サプライズだが、これ以上の名誉はない」「青色発光ダイオード（LED）の研究に取り組んで約40年になる。20世紀の実現は無理と言われ、何人もの研究者が途中で断念するのを目にしてきたが、私はちっとも考えなかった。自分がやりたいことをやってきた」……若い人たちへ「**本当に自分がやりたいことをやりなさい。それが一番だと思う。自分がやりたい事だったら、なかなか結果が出なくても、やり続けることができる**」……「一緒に仕事をしてくれた仲間たちが支えてくれた。決して私一人でできた仕事ではない」……何度も周囲への感謝を口にしていた。

中村教授……「若い人には、頑張ればこういうチャンスがあるということを示せたと思う」

天野教授……「赤崎先生が先達であり恩人。赤崎先生がこの材料に取り組んでいたからこそ飛び込んでいけた」「**赤崎先生に出会ったことが一番のラッキーだったと思う**」

中村教授……「怒りが私の研究の原動力」「私はこれまでの人生で多くの方々に助けられてきて、とても幸運だ」

天野教授……「実験をやるとたいてい失敗する。一日3回4回やり、そのつどめげる。寝て起きるとまた新しいアイデアがでる。そういうことの繰り返しだった」「これはできるのが当たり前だと思ってやってきた。そういう信念をもってやっていれば、方針さえ間違えなければ、必ずできる。だからあきらめないことだ」

赤崎教授……学生に対し、「今、私が話すことは全部わかる必要はない。とにかく聞いておくように。おいおい勉強して分かっていけばいいんです。私自身がそうでしたから」

○ノーベル平和賞がパキスタンで女性の教育権を訴えたマララ・ユスフザイさん（17）と、インドで児童労働問題に取り組んだ人権活動家、カイラッシュ・サティアルティ氏（60）への授賞も決まりました。

私のコラムで以前、マララ・ユスフザイさんが2012年10月9日に下校中武装勢力に頭部を銃撃され、15日に空路で英国の病院に搬送され、奇跡的に回復し、2013年7月12日に16歳にして国連で演説したことに感動したことを書いています。

マララ・ユスフザイさんの語録……「私達の最も強力な武器である本とペンを手に取り、無学、貧困、テロに立ち向かおう」「**一人の子ども、一人の教師、一冊の本、そして一本のペンが世界を変えられる。教育以外に解決策はない**」……人々の心を打つメッセージに感動します。

○物理学賞の先生方の話は、私達職業が違っても感銘を受ける言葉です。私も社の若者たちに、何事も一途一貫、コツコツやり続けることだと繰り返し言っています。生き続けること、仕事をやり続けること、先生方の姿勢を学びたいと思います。学ぶことそれは「意志力」です。

マララ・ユスフザイさんについては、「テロに屈しない少女への栄誉」であるわけですが、こんなに意志の強い17歳の女性に敬意を表するところです。子どもの権利を守る運動が世界に広がり、正しい教育の普及は偏見や差別、貧困をなくする道であること、世界に広がることを願っています。

（「ノーベル賞受賞者語録」、第995回、2014年10月13日）

青春 ― 年を重ねただけでは人は老いない

２００８年の月刊誌『致知』に松下政経塾を開塾した時の逸話がありました。開塾したのは松下幸之助氏が86歳の時で入塾式のあとで、住友銀行の頭取を務めた81歳の堀田正三氏と、「5年間の修養でどんな人物が育つだろうか」と楽しそうに語り合っていたそうです。

同席した住友生命の社長を務めた新井正明氏は、「自分の年齢を忘れて5年後に希望を燃やすお二人の姿に感嘆した」と言われていたというのです。

すごい話だと思います。86歳にして入塾した青年を教育し、人物に育つことを期待する心意気に私も感嘆するところです。

その松下幸之助氏が愛唱してやまなかったのが、サミュエル・ウルマンの「青春」とのこと、私の手元に訳文がありますので、好きなところを要約し、学んでおきたいと思います。

青春

青春とは人生のある期間をいうのではなく、心の様相をいうのだ。優れた想像力、逞しき意志、燃ゆる情熱、怯懦《きょうだ》をしりぞける勇猛心、安易を振り捨てる冒険心、こういう様相を青春というのだ。年を重ねただけでは人は老いない。理想を失う時に初めて老いがくる。歳月は皮膚のしわを増すが、情熱を失う時に精神はしぼむ。苦悶や、狐疑、不安、恐怖、失望、こういうものこそあたかも長年月のごとく人を老いさせ、精気ある魂をも芥に帰せしめてしまう。年は70であろうと16であろうと、その胸中に抱き得るものは何か。

中略

人は信念と共に若く、疑惑と共に老いゆる。
人は自信と共に若く、恐怖と共に老いゆる。
希望がある限り若く、失望と共に老い朽ちる。

大地より、神より、人より、美と喜悦、勇気と壮大、そして偉力の霊感を受ける限り、人の若さは失われない。これらの霊感が絶え、悲嘆の白雪が人の心の奥までおおいつくし、皮肉の厚氷がこれを固くとざすに至れば、この時にこそ人は全くに老いて神の憐みを乞うる他はなくなる。

サミュエル・ウルマンのすばらしい詩を、すでに承知をしている方々も多いかと思います。私も我が社の若い役員、社員に5年でどれだけ人物として成長するだろうか、個々人と同時に、法人として社歴と伝統を築き重ねながらもいつまでも若々しく、どれだけ社会のお役に立つだろうかと、期待をする75歳の一人です。自らも先々を観ることのできる「健体康心」を保ちたいと心掛けるところです。

（「青春」、第千の91回、2016年5月8日）

建築が人間を創るとは ― 建築の持つ魅力が「人間を創る」

「建築が人間を創る」、「人間が建築を創る」、似ているような表現ですが、どう意味が違うのか、私の意見を述べます。「卵が先か鶏が先か」の話のようなところがあるのも事実です。

確かに、私達の仕事は、人々に使っていただく建築を創っています。しかしその建築が「住む人の安全に不安があり、使い難く、住み難い」となれば、人々の安心、安全な生活は確立されません。それによって、不快、不幸な愚痴が多くなり、それが人々の集団生活ならば不安定で争いも多くなり、前向きな生活はできなくなるであろう」と予想ができます。

その逆の場合は、「**安全であり、使い易く、住み易く、快適であるとすれば、集団生活は笑いが絶えることなく、顔色もよく、話題は平和で建設的であろう**」と思います。

極端なようですが、建築の効用は住み始めて短期的には目に見えないでしょうが、中期・長期には、人間の成長において大きな差が出ると信じています。

例えば、**学校建築において、質の良い校舎では児童・生徒の意識と向上心を刺激すると思いますし、質の良い研究所なら研究者の研究成果に差が、工場なら性能の良い機械の配列と同時に、働く人々の働き方が生産性を左右すると考えます。**

ましてや、私達の担当する「**幼児の城**」などは、幼児の成育において計り知れない成果があると信じています。

最近の話題で「小1プロブレム」現象（小学1年生の教室で、先生の話を聴かず教室内をウロウロしたり、勝手に廊下に出てしまうなど……）の報告を知った時、その真偽を疑ったほどです。なぜなら、幼児剣道や腰骨に手をあてて論語を復唱するなどの実践や、山村短期留学を毎年繰り返されている中から育ったたくましい幼児を想えば、小学1年生でも先生の話は充分に聴くことができると確信しているからです。

ここにも幼稚園・保育園の運営方針と豊かな空間を持つ園舎で育った幼児と、そうでなかった幼児の成育の差を感じます。

今、「人間が園舎を創っています」が、**やがてこれらの創られた園舎から、次代を担う人物が成長していくことを信じます。「建築が人間を創る」と確信します。**

コラム、第573回「ハイチ地震」で、建築はその国の文化のバロメーターだと書きました。強度の「安全、安心」は当然ですが、**建築の持つ魅力が「人間を創る」**わけで、国内の都道府県の文化度の一つの目安を建築で計れると思います。

21世紀の建築が果たす役割は大変大きいと考えます。

（「建築が人間を創る」、第575回、2010年1月24日）

ドラッカー博士の教え ― 野球とドラッカー理論は共通する

去る3月に逝去された大阪の恩人を弔問するため一泊で出かけてきました。この旅の新幹線往復の車中6時間は、週間ダイヤモンド4月17日の特大号『もっと知りたいドラッカー』を20年ぶりの復習として読みました。

ドラッカー博士は5年前（2005年）96歳で故人となりましたが、私達の若い頃から経営思想家として活躍し、経済界に大きな影響を与え続けてきました。

最近、少しばかり忘れられていたかなと思っていた哲人ですが、今再び、静かなブームとなっています。その火付け役は『もしドラ・もし高校野球の女子マネージャーがドラッカーの「マネージメント」を読んだら』の著者・岩崎夏海《いわさきなつみ》さんです。この本は今、ベストセラーの一冊で、青春小説ですがビジネス書でもある中々面白い本です。

野球好きの私にはこれは中々説得力のある題材だと思いました。私も会社経営に野球感覚を応用する時があります。

野球という競技は会社経営と共通するところが沢山あります。野球は練習という過程を計画的に積み重ねてシナリオのない試合に臨みます。一試合で選手の投・攻・守・走、そして監督の采配などを含めて、１００以上の失敗が出ます。

それをいかに修正するか、臨機応変に修正しながら勝利と言う成果に近づけることは、会社経営やプロジェクト推進には、まさにマネージメントそのもので、野球とドラッカー理論は共通するものがあると思います。

少々の勉強で解ったと言えるほどではありませんが、書くことにより記憶を増幅させますので、社員の皆さんと協働するために有効だと思う要点を整理してみます。

＊マネージメントを推し進める大前提は、「真摯《しんし》」であること（まじめでひたむきなこと）。

＊「組織の定義づけ」：事業組織を通じて「顧客満足・感動（顧客の感動と社員の感動が共存）・社会貢献」。……社会、コミュニティ、個人のニーズを満たすため、組織は目的ではなく手段。

＊人のマネージメントとは「できないこと（弱み）は何かより、できること（強み）は何かが大

切であり、人の強みを探し発揮させること」。
＊働き甲斐を与えるには、仕事そのものに責任を持たせる。
＊イノベーションとは価値である。その戦略の一歩は陳腐化したものを計画的且つ体系的に捨てること。
＊「人事にかかわる意思決定」こそ最大の管理手段である。
＊ドラッカーのマネージメントの問題意識の行き着くところは「人間愛」。
＊そこで働く人々が生き生きとしていい仕事をする組織づくりがマネージメントのすべて。
＊『ドラッカーを読んで目から鱗』……パナソニック会長の中村邦夫さんが肝に銘じる「5つの言葉」
1、**自己管理**：勉強し自分を高める努力を怠るな。
2、**目標管理**：自分の果たすべき貢献を考えよ。
3、**自己分析**：自分の強みを伸ばせ。
4、**時間管理**：最も大切なことから始めよ。
5、**情勢分析**：「日に新た」、変わることを恐れるな。
次回に続を書くことにします。。

（「ドラッカー博士の教え」、第607回、2010年4月27日）

続・ドラッカー博士の教え ― 「建築家・設計者の条件」

「顧客は誰なのか」「何を求めているのか」「そのためにどうすればいいのか」「チームとして何ができるのか」など、設計事務所でも常に問うようになればすばらしいことです。

前回に続き「経営者の条件」を学び、これを「建築家・設計者の条件」と置き換えてみますが、前出の中村邦夫さんの「肝に銘じる５つの言葉」に共通します。これを「建築家・設計者の身に付けておくべき５つの習慣的能力」として説明してみます。

第一が、時間を管理することである。……建築主（事業主や住み手）には何時までに完成させたいという予定があります。建築家・設計者には納期があり、工事現場には工期があります。時間内で最善の仕事をするために、時間の管理を工夫する必要があります。

第二が、貢献に焦点を合わせることである。……建築設計とは、顧客満足を通して社会貢献することを基本とすることです。

第三が、強みを基盤とすることである。……個々人にもそれぞれ特徴とか強みがありますし、それを伸ばすことです。同時に会社も得意分野を社会にアピールすることです。

第四が、重要なことに集中することである。……仕事には序列があります。選択したら集中して仕事をすることです。バタバタしないこと、急ぐこととバタバタの悪循環は最悪です。

第五が、成果を上げるよう意思決定することである。……成果とは「**顧客の感動と自らの感動が**

共存できること」

このように書いてくると、建築家・設計者もドラッカー哲学から学ぶことは多いと思います。

ドラッカーは、一人のクラリネット奏者を取り上げています。ある演奏会で演奏を聴いていたその人は、指揮者からクラリネットを勧められます。その時彼は初めて音楽を聴いたのです。その後彼は上手に吹くことを超えて、音楽を創造するようになったというのです。

ドラッカーは「これが成長だ」というわけです。

この話は、建築家・設計者にも通じます。

私は社員に他人の作品を視察しなさいとよく言います。特に内外の優れた作品に触れた時の感動を、より多く体験することが成長につながると私も信じています。

ドラッカーは、現代のような不況時代の「企業生き残りの術」を言い当てていますし、遺言のような大切な指針を残しています。

「**グローバル経済の下で、企業はどう生き残っていくべきか。競争力をいかに向上させていくべきか。『その鍵は専門への特化である』**。中小であれ大企業であれ、**ある特定の分野、市場に精通することだ**。これからの時代は『**専門に特化**』することによってプレミアムが得られる」と強調しています。

私達がこの20年における会社経営の面舵は、方向として間違っていないと、ドラッカー博士にお墨付きをいただいたようなうれしさがありますが、それにしてもまだまだ道半ばです。

（「続・ドラッカー博士の教え」、第６０８回。２０１０年４月28日）

「小よく大を制す」― きめの細かいサービスで競う

世界No.1になった日本女子サッカー代表チーム「なでしこジャパン」の活躍は凄いですね！　昔から「小よく大を制す」などの慣用句がありますが、スポーツの世界では小が大に勝つのは容易ではありません。

格闘技のボクシングやレスリングなどは体重制です。柔道は世界の競技になるために、昭和39年東京オリンピックあたりから体重制を採用しました。同じように鍛えたなら体格の大きい方がスポーツでは有利なのは当然で、昔、三船久蔵十段（名人）が倍の大男を投げ飛ばしたなど、胸のすく話はまったく稀なことです。

サッカーは世界で最も競技人口の多い球技で、男子も女子もオリンピックよりＦＩＦＡのワールドカップが、なによりも権威が上で、これ以上の大会は無いのです。「なでしこジャパン」がどれだけすごいのか？　チーム21人の平均身長で、７㎝～10㎝も高い外国チームを次々と破ったのです。中でもこれまで一度も勝てなかったドイツやアメリカに勝ったのです。

サッカー選手にはスピードを武器に速いパス回しが求められます。同時にキック力などのパワーは体格から生まれます。大柄なドイツやアメリカは日本の２倍近いシュートを打ちながら、日本に勝てなかったのです。

身長が低く小柄な日本女子が粘り強く守り、耐え忍んで勝ったのです。これを「奇跡」とか「マグレ」などと言う人もいますが、私は、「小よく大を制す」真の勝利だと思っています。

「小よく大を制す」など、ビジネスの世界ではどうだろうか？

どんな職業でも、またそれを運営する会社にも大と小があります。商いの絶対額は大が優っているのは当然ですが、売り上げに対する利益率とか、顧客満足度とか働く社員の幸福度はいかがなものか、大が全てに優っているとは言えないと思いますし、ここが重要です。

デパートやスーパーマーケットに対して街の小売店。大手建設業に対して地域の工務店。大病院に対して専門医院。私達の世界でも、大手設計事務所に対して街の設計事務所。これらのようにどんな職業にも大・小はあるのです。広い社会には大・小どちらも大切で、その役割があるのです。

「小よく大を制す」などの表現は大袈裟なようですが、商い額の多寡を競うのではなく、一つひとつの商品の質を競うとか、きめの細かいサービスで競うのです。

大手に無い商品、独自性のある商品、同種のものを取り扱いつづける商いの姿勢からは、専門性に付加価値を出せるとか、大手の社員には移動や転勤が多く、小の方がお客様との〝絆〟の結び方に継続性があるなど、色々あると思います。

しかし、これは小として、知恵と工夫による専門性に目覚めてこその位置だと思っています。ビジネスは、顧客に選ばれ、さらに継続的なお付き合いになって初めて成果と言えるのです。

（「小よく大を制す」、第738回、2011年7月24日）

「人物を創る」— 西郷隆盛の遺訓と「孟子」の言葉

西郷隆盛の遺訓です。

「いくら立派な制度、方法を考えても、それを担当する人間に実力がなければ、何の価値も無くなる。まず自分が物事を立派に運用できる人物になろうと心がけることこそ肝要だ」

「孟子」にも同じ様な言葉がありました。

「人々は口を開けば『天下国家』と言う。だが、天下の本《もと》は国にあり、国の本は家にあり、家の本は自分自身にあるのだ。『天下国家』を真に思うなら、もっと身近なわが身を修めよ、と言うことである」

国と時代を超え、2人の先達は等しく「人物を創る」ことの大事を説いています。

……私は40年前の創業時、「**未来を創る**」を経営概念とし、キャチフレーズとして宣伝に20年間ほど使いました。

「未来を創る」とは、お客様のために快適な長寿命建築を創ることと、建築を創る社員の未来を創る……資質向上をも兼ねていたのです。……これからも「建築を創る」、「人物を創る」日比野設計でありたいのです。

（「人物を創る」、第749回、2011年9月7日）

人を植える ―― 「建築創り」は人づくりから

中国の古典『管子《かんし》』に「1年の計画を立てるなら、その年に収穫できる穀物を植えるに及ぶものはなく、10年の計画を立てるなら、木を植えるのに及ぶものはなく、**一生涯の計画を立てるなら、人を植える（人材育成）に及ぶものはない**」という言葉があります。これを知った時、私は感動しました。

創業以来、私は「**国づくりは人づくりから　人づくりは教育から**」を基本にしてきたからです。我が社は建築設計を仕事にしていますから、「建築創り」は人づくりからと心得て、建築士の資質向上に注力してきました。それは「**デザイン力と技術力」の向上と、「人間力」を磨く**ことを並行して推進することです。

想うこと14年前、弊社の創立30周年記念講演会に、お客様など200名ほど参会いただき、上甲晃さんに講演をお願いいたしました。ご参会の皆様と感動の輪ができたことを想い出します。

上甲さんを講師に選んだのは、上甲さんは松下電器産業（現パナソニック）の社員として、松下幸之助翁が社長・会長時代に薫陶を受けたこと、勤務の最終段階では松下会長から、藤沢市辻堂に設立した「松下政経塾」に出向し、塾生を指導せよと命を受け、塾頭も務められた経歴の方で、著書の『志のみ持参』『松下幸之助の求めるところを求める』などにも感動したからです。「人を植える」に関して、人材教育の松下語録を当時のコラムから幾つか再掲してみます。

幸之助翁に社員がある調査を報告にきた時、「**君が自分の目で確かめたか。自分の足で歩いたか。自分の手で触ってみたか**」と問うたそうです。……なるほど、これは何業にも通じる教えですが、建築設計監理でも重要なところです。

幸之助翁は社員や役員に、「無茶を言うたらいかん。無理を言え」と言ったそうですが、これ、無茶も無理も似ていて同じようですが違います。確かに無茶は話になりませんが、無理にはどこか筋があり、あと少し頑張ればなんとかなる領域です。……なるほど、これは設計の追い込みや現場の最終段階で、私は社員や現場員の方々を激励する時などとともに、実生活でよく感じていることで、理解できます。

「商品を売るとは、経営理念を売ることだ」……結局、売ると買うは、人と人の関係であって、その関係を確り築いていくことが大切です。……なるほど、先日コラム第千の14回で書きました「利より『信』」と同じで、百年近くも前から、翁は「信用第一」を唱え、全社内に徹底させたなど、すごいです。

最後に「**仕事をすること、経営のこと**」「**感謝と畏れの心を失ったらいけない**」など、上甲さんは幸之助翁の言葉を紹介してくれました。なつかしい話ですが、日々に新たな教訓で、現在の設計者も経営陣も忘れてはならないことです。

（「人を植える」、第千の17回、２０１5年2月24日）

人を植える ―「こども家庭庁」で徳育を充実させる

第千の17回のコラム「人を植える・人材育成」で書いたことと、今回は別の角度から見た人材育成について書いてみます。

今、「保育園の増設と整備、幼稚園の預かり保育、こども園の普及」などにより、待機児童の解消と幼児教育が、さらに広がりを見せれば、共働きがし易くなります。そうなると独身の男女が結婚をしたくなるし、晩婚の解消につながり、若いご夫婦の生活が安定すれば、子どもを産み育てやすくなります。

これが少子化対策になり人口減対策になると、この図式を20年信じて、「幼児の城」創りに励んできました。おかげさまで振り返れば、保育園、幼稚園などの施設を、2015年3月現在、350プロジェクトほど担当させていただきました。

現在では、都会の待機児童対策と並行して、九州の各県や、関東の栃木や茨城などの各県は、地方創生の先駆けとして、地方の保育・幼児教育の指導者の皆様が、地方の人材育成の充実こそ日本を変えていく第一歩という高い意識を持って、保育・幼児教育の充実は保育士や教員の資質向上からと、職員の皆さま共々学びあっていると伺っています。

並行して、これらのことを実践するには、施設の充実も必須であるという考え方をお持ちです。一昔前では、箱さえあれば保育や幼児教育はできるという風潮があったことも事実です。

最近、施設の豊かなデザインや空間が、幼児の成長に大きな影響があるとの理解が広がってまいりましたことが、何よりうれしく思っています。

同時に、建築の新基準により施設の耐力を向上させていくことは、保護者の安心をいただくことになります。我が社がこうした地方創世の先駆けである指導者の皆様のお手伝いができることに、仕事のやりがいと、感動をいただいています。

先日のニュースでは、スポーツ庁ができるとのこと、この法案は国会を通過するようです。東京五輪・パラリンピックのためばかりではなく、百年の未来に向かってスポーツ庁の誕生は素晴らしいと私は思います。

幼児からお年寄りまで、学校教育のスポーツから生涯学習のスポーツまで、国民の健康増進のために各種スポーツを一元化するのと、国体選手や五輪選手など日本を代表する選手の育成は、世界のスポーツ関係者との国際交流にも不可欠であり大切なことです。

さらに、各種プロスポーツとも連携が必要です。スポーツ文化の充実は、様々な付加価値を生みながら、国を充実させる人材育成につながると考えます。

同時に、省庁の再編成などで、「こども家庭庁」ができるなどは夢のことでしょうか。

私は20年ほど前から、「こども家庭庁」などができて、こども行政の一元化を提案してきました。

「文部科学省管轄の幼稚園・学校と厚生労働省管轄の保育園・障がい者関係など、子どもが誕生した時点の0歳から、義務教育の中学生まで、医療・保育・教育・障がい者の自立育成まで一元化して、『知育・体育・徳育』の備わったバランスの良いこどもを育成するのです。」と。

余談ですが、先日の川崎市における少年殺害事件や、まだまだ解決できていない全国の小中学生によるいじめ事件、親がこどもを虐待したり、こどもが親に暴力をふるうなど、これみな、徳育の不足ではないでしょうか。日本を徳育社会として充実させるには、「こども家庭庁」で一元的に、保育・幼児教育・学校教育では特に徳育を充実させることだと思います。これこそ「人を植える・人材育成」ではないでしょうか……人づくりから国づくりだと考えます。

（「人を植える　その2」、第千の19回、２０１５年3月3日）

第3章　仕事観——働くということ

仕事をするに当たって、どういう仕事観を持っているかで、仕事に向き合う姿勢が変わってきます。それは即ち、自分の人生が変わってくるということです。

日本人の仕事観、働くというのは、「傍を楽にする＝ハタをラクにする＝ハタラク＝働く」だと言われています。日本人の昔からの感覚は、働くというのは、単に食べるためではないということです。

お陰様で私は、仕事を通じて自分が磨かれたと思っています。仕事をしたと言うより、させていただいたという気持ちが強く、本当に有り難いと思っています。

コラムでも、仕事に関する文章を書いてきましたので、それをまとめてみました。

与えられた仕事を天職と考える

京セラ名誉会長・稲盛和夫さんの話を聞いて、これは変わることのない教訓と受け止めました。これを記録に残しておきたいと思い、私なりにまとめてみます。

「一生懸命働くことが、人生を素晴らしいものに導いてくれました。働くことは、まさに人生の試練や逆境さえも克服することができる『万病に効く薬』のようなものです。

誰にも負けない努力を重ね、夢中になって働くことで、運命も大きく開けていくのです。

人は得てして、恵まれた環境にあっても、与えられた仕事をつまらないと思い、不平不満を口にします。しかし、それで運命が好転するわけではありません。

与えられた仕事を天職と思い、その仕事を好きになるよう努力し、さらに打ち込むのです。そうするうちに不平不満は消え、仕事も順調に進むようになっていくはずです。

そして、さらに懸命に働き続けていくことで、すばらしい考え方や人格を自分のものにすることができ、結果として物心ともに豊かな人生を送ることができるのです」

……いい話でしょう。

私も全くの同感で、これ以上の説明は必要ないと思います。

文章の最後にある「結果として物心ともに豊かな人生を送ることができる」という言葉は、私が創業以来掲げて働いてきた、「**物心両立**」と共通です。

自分の仕事に誇りを持って、どんな困難に直面しようとも、誰にも負けない努力をいつも明るく前向きに重ねれば、人生は必ずや豊かで実り多いものになるということです。

それが即ち「物心両立」です。

よく、「今の仕事が自分に合っているかどうか、本当に自分のやりたい仕事なのかわからない」という話を聞きます。それは多くの若者が体験することだと思います。そうすると自信をなくしたり悩んでしまうものですが、一旦、暗い道に入り込むと、それが一生続くように感じてしまいます。

そこが人生の大きな分かれ道になります。一人で悩むことなく素直に自分の気持ちを先輩や同僚に話しましょう。

すでに第一線を引退しました75歳（2016年）の私ですが、今を生きる若者に「仕事をするに当たっての三要素」を伝えたいと思います。

（「働くということ」、第千の86回、2016年4月9日）

仕事をするに当たっての三要素

この三要素は、私が毎年の新入社員研修の講義の中で、最も大切だと思い続けてきたものです。要点を三つにまとめて書いておきます。

講義の第一は、論語の引用「知・好・楽」です。

建築のことで説明します。最初は何でも知ろうとすること、学ぶことが大切です。次はそれ以上に建築を好きにならなければ、知った意味がありません。建築を、知って好きになって、仕事を楽しめるかどうかということです。「利他の心」をもって人々のために働くことが、こんなに面白くて楽しいものかと感じられる段階までくれば本物です（20年はかかるかな?）。目標を持って歩んでください。

「**知・好・楽**」とは、

「子曰く、之を知る者は、之を好む者に如かず。之を好む者は、之を楽しむ者に如かず」

解釈：子曰く、これを知っているだけの者は、これを愛好する者におよばない。これを愛好する者は、これを楽しむ者におよばない。

オリンピック選手が、大会へ出発する前に「楽しんできます」と言ったりします。この表現は、頂点を極めた者が使う言葉で、観客として楽しむとか、娯楽の「楽」とは趣を異にしていると私は受け止めます。

なぜなら、物事は簡単に「楽しむ域」には達しないからです。スポーツ、音楽、勉強、そして仕事においても、練習に練習を重ねてその域に達するものです。「**学びて習う**」、「**苦あれば楽あり**」ということです。

私の愛読している月刊誌『致知』（5月号）にこれに類する素晴らしい言葉がありました。

・困難に直面するとかえって心が躍り、敢然と戦いを挑んでこれを打破していくような人間でありたい。

・困難に直面してむしろ心が躍るというのは、その困難と一体になることである。
・一体となって困難を乗り越えるところに、言い尽くせない人生の深い楽しみがある。

これは深い教えです。道を極めるに、甘くはない、近道もない、それでもやり続ける。社員の一人ひとりが、建築を楽しめるところまで、成長してほしいと願うところです。

（「知・好・楽」、第870回、2013年4月9日）

講義の第二は、「不思議の勝ちを演出する」です。

勝負の世界でよく聞く話で、「**勝ちに不思議な勝ちあり、負けに不思議な負けなし**」というものがあります。失敗には必ず原因があり、それを分析して反省し、次に活かせるということです。

企業にも「不思議な勝ち」で成功を収めているところが多く見受けられます。私はこれを「**目に見えない信用**」を築いているからだと思っています。

例えば、プロポーザルで最終案に二つ残ったとしますと、実績とか伝統とか所属する役員・社員の人物力とかで、最終的には、**総合信用**のある方が選ばれるケースはままあると思います。個々人・会社共に信用を築くことが大切です。

講義の第三は、「積善の家　必有余慶」です。

「積善の家　必有余慶」とは『易経』にある言葉で「**積善の家には必ず余慶あり**」と読みます。

小さな良きことを積み重ねる生活姿勢が大切で、こういう個々人や会社には、必ずや喜びや幸せがあるということです。

私たちは福祉施設の仕事をしていますが、仕事でも私生活でも、善の積み重ねが必要です。善の積み重ねこそ、福祉に携わる者の生き方です。まずは身の回りの方々に気持ちよくなっていただく「**喜びの種を蒔く**」親切運動から始めたいものです。

働くということは楽しいことなのです。

（「働くということ」、第千の86回、2016年4月9日）

凡事徹底 ― 「きちんとした会社」を自分達の手でつくる

凡事徹底とは、「当たり前のことを徹底してやる」ということですが、これが人間、なかなかできないというのが一般的です。例えば、「挨拶」や「掃除」を徹底して行うと、自分だけでなく周りの人の気持ちもよくなります。

凡事徹底は、私がいつも言う「コツコツ」と同じく、人間を磨くために必要な生き方だと思います。

当社の社員が毎朝玄関前やトイレを掃除している自主活動に、頭が下がります。もとより、建築設計の仕事は、美しい建築をお客様や社会にお届けするのです。いつまでも内外を美しく使っていただければ、設計者として、これほどうれしいことはありません。

だからこそ、身の周りの小ぎれいな設計者、整理整頓された設計室でありたいと思っています。

確実な仕事を毎日コツコツと積み上げる「きちんとした仕事」、そうした仕事を生み出す「きちんとした会社」を自分達の手でつくること、これこそが「凡事徹底」です。

（「凡事徹底」、第137回、2007年3月27日）

三本の矢 ― 合わせ方で足し算より掛け算になる

戦国武将、毛利元就は、3人の子供たちに「力を合わせてやれ、一本の矢は折れやすいが、三本合わせれば簡単に折れない」と引き際に伝えたという。戦国の時代、国を治めるための話です。現代社会において、社員が力を合わせれば、大きな成果を生み出すことは、営業でも、研究でも企業や人の集まるところは、その通りです。

設計でも同じで、チーフとスタッフ、意匠、設備など、各スタッフが力を合わせなければ、良い建築は誕生しません。

お客様へのサービスでは、常に複数のスタッフがお客様にご挨拶ができていることが大切で、同時に打ち合わせにも参加していれば、いつどんな時でも、お客様のご要望に対応が可能です。

誠に専門的になりますが、木造の場合、長スパンで大きな空間を確保しようとする場合、部材の断面を大きくしなければなりません。木材は単材で断面を大きくすればするほど、倍額の価格ではすみません。最近は何本かの合せ木（集成材）にする技術で対応しています。

さらに、大空間を求めるには、鉄筋コンクリートや鉄骨の特性を活かすことも考えます。

２００７年４月15日付の『産経新聞』に「きょうの言葉」として、「**単木は折れやすく、林木は折れ難し**」という戦前に一大財閥を築いた三井家の家訓を取り上げていました。三井高利は、52歳で伊勢から江戸に出て、商才を発揮して財を成した人ですが、その時代において、「力を合わせて家運の強固を計れ」と子孫に教えたとのこと。

企業やスポーツチームなど、人が集って何かをやる場合には、**呼吸を合わせ、「心と力」を合わせると、足し算より、掛け算の効果があるとの教えです**。先の「三本の矢」の話も、同じであると受け止めたいと思います。

まさに、建築設計においても、工事現場においても、大勢の皆さんといかに「心と力」を合わせるかが、品質を決める上で大切なことと考えます。

（「三本の矢」、第１５４回、２００７年４月15日）

人生は「負けて、勝つ！」

私の持論ですが、「知恵と力」は練習量（勉強）と試合に出た数とによって段々に付いてきます。指導者と社員の共に資質を向上させるべき必須が「知恵と力」です。

（ここで試合とはプロポーザルに参加することです）私の若い頃の連戦連敗（８連敗）も含めて、これまでどれだけ負けたことでしょうか。

通算で50勝１７０敗ぐらいだと思います。これが私、そして私の会社の戦歴です。

考えてみれば、この50勝は170の敗戦を糧にしているのです。どのような提言・提案が、事業主の意向に沿い、さらにプラスする付加価値があるのかと考えることなど、負けた数だけ反省しているのです。

世の中には優秀な方々が大勢います。やってもやっても負けるのです。そこから勝利がつながっているのです。挑戦を続けたからこそ、50勝があるのです。39年間の50勝が、現在の会社の伝統と基盤を築いているのは事実です。

「**人間万事塞翁《ばんじさいおう》が馬**」の教訓を社員達に贈りたいと思います。

この教訓は中国の故事が起こりの諺で、「吉凶も禍福も予測は不可能だから、災難も悲しむことなく、幸福でも喜んでばかりはいられない」ということです。

人生は「**負けて、勝つ！**」なのです。

（「人間万事塞翁が馬」、第634回、2010年7月6日）

「100－1＝0」はある

野球は私の大好きなスポーツで、子どもの頃から、プロ野球・大学野球・高校野球と観戦を続けています。

過去にも野球から学び、経営に活かすことをコラムに書いたことがあります。「100－1」は算数での答えは99ですが、スポーツや会社経営では答えが「100－1＝0」ということがあるのです。

先攻めのチームが９回裏を守りきれば1点差で勝利。その目前。２アウト・ランナーは２塁と３塁、ヒットで2点入れば逆転負け。打球はセカンドベース寄りのゴロ、いつも処理している打球、楽に捕球しようとしたのが、トンネル、ここに学びがあると思います。

・打球がセンターに転がっていけば逆転負け。

・セカンドがトンネルした打球をショートが回り込んで捕球し、素早くファーストに投げアウトになれば勝利のゲームセット。

これを会社経営に活かすのです。まず、日頃からミスやトラブルの起きないシフト（練習）が大切ですが、それでもミスが起きた時は、素早くカバーする連携プレーで処理することが何より大切です。

経営コンサルタントの小宮一慶氏は、「電話の出方や挨拶など、お客様志向の小さな行動を徹底することが重要。そのためにはリーダーが率先垂範してやることがまず大切で、ビジネスには『１００－１＝０』はある」と述べています。

確かに、経営書には色々な事例を伝えてくれていますが、一つのミスやトラブルが命とりになり、業績不振につながり、大赤字になって屋台骨が傾くこともあるとのことです。ビジネスでは、小さなミスやトラブルでも、「１００－１＝99」ではなく、「１００－１＝０」があることを社内では徹底することだと思います。野球に学びました。

（「激甚災害　その４」、第７０８回、２０１1年3月30日）

建築家として心すべき仕事観とは

哲学者のハンナ・アレントは彼女の名著『人間の条件』の中で、人間のしごとは「労働、仕事、活動」という3つのステージがあることを示している。建築家のしごとは食べるための「労働」ではなく、自己実現の表現としての意味を持っており、「作品」として創り上げる「仕事」だと言っている。

さらにハンナは、「活動」の重要性を指摘している。コミュニティのために働くことが「活動」である。そういう点で、私達建築家の仕事は「労働」ではなく「仕事」であり、「作品」を創り、さらに社会の為に発信し「活動」し貢献することである。

私はさらに次の段階として「使命」を考えている。我々の仕事、活動を後代に伝えていくことは、極めて重要である。

前々から私も、建築設計の仕事について、食べるだけなら、いや、もっと高い賃金を求めるとか、お金儲けが中心なら、他の業種でも色々あるかもしれませんが、建築家としての仕事は、お客様と共に、自己実現の表現としての意味を持っており、「作品」として創り上げる「仕事」だと言っています。

やはり大切なのは、ここのところだと思います。

仕事に負けるな！　苦労することも、つらいことも、憶えなければいけないことも、山ほどあるかも知れません。

仕事に負けるな！　必ずやその先に、光が美しく差し込んでくる感動があるのです。

（「労働・仕事・活動」、第298回、2008年2月16日）

渾身満力《こんしんまんりき》 ―「信頼される人」になる

「渾身満力」の「渾」は「すべて」の意。全身全霊をかけて物事を成すことを意味します。これは画家の中川一政氏の、生き方を貫いた言葉のようです。

第861回のコラムで、森村グループ（TOTO・日本碍子・ノリタケなど）の創始者・森村市左衛門の言葉を紹介しています。明治40年、68歳の時にある雑誌に発表した談話です。その要旨は次のようなことです。

「人は正直に全身全力を尽くして、一生懸命に働いて、天に貸してさえおけば、天は正直で決して勘定違いはありません。人を当てにして、人から礼を言われようとか、褒められようとか、そんなケチな考えで仕事をしているようでは、決して大きな人物にはなりません。

……労働は神聖なもので、決して無駄になったり骨折り損になどなりません。正直な労働は枯れもせず、腐りもせず、ちゃんと天が預かってくれます。どしどし働いて、できるだけ多く天に預けておく者ほど大きな収穫が得られるのです。

私は初めからこういう考えで、ただ何がなしに天に貸すのだ、天に預けるのだと思い、今日まで働いてきたが、天はいかにも正直です。30年貸し続けたのが、今日、現にどんどん返ってくるようになりました」

奥が深い話です。天がいかにも正直で返してくれるなど、謙虚な表現ですが、（ＴＯＴＯ・日本碍子・ノリタケなど）は１００年企業となり、現代でも優良企業として社会になくてはならない企業です。創始者の心意気が現代まで脈々と続いています。

最近、引退が近づいている私は、40年を振り返ることが時々あります。建築設計者〈建築士・建築家〉として何よりも大事なこと、大切なことはなにか？　この設問に尽きると思っています。

それは、お客様に「信頼される人」になること。それも、建築は一人では創れませんので、チームの一員として「信頼される人」に成ることです。

「信頼される人」とはどんな人でしょうか。

保育園やこども園、特別養護老人ホームなど、建築事業主は何億円あるいは何十億円という事業費を投入します。何年も事業企画を胸に温め、やっと建設を決断したのです。これから何十年も多くの人々に使っていただくのです。園舎で毎日生活する園児のため、あるいはホームに入居されるお年寄りには「終の住まい」となるでしょう。

また、それぞれの職員が職場として働く場であるわけで、事業主から「信頼される人」でないと設計者として務まりません。建築は設計して終わりではありません。工事が完了しても終わりではありません。完成後、建築がある限り「信頼される人」であってこそ、その後のお付き合いがまた始まるのです。

「信頼される人」とは「**魅力のある人**」です。それは自分自身を磨きあげた人のことで、私は常々人物を磨けと言っているのはこのことです。社員は「**どうすれば人間を磨けるのか**」と自問し悩むこともあるでしょうし、私もよく聞かれます。

急がなくてもよいのです。「近道を探そうとするな」「近道はない」と思います。自分で考え、悩み、答えを見つけ出すのです。

個人的には、読書や映画から感動を経験するのも良いでしょう。旅をするのも良いでしょう。スポーツを観戦したり、自らプレイするのも良いでしょう。仕事においても、スタッフとして役割を担い、経験と苦労を積み重ねて徐々に仕事の中心を担うまでになり、感激や感動を積み重ねることです。

要は「渾身満力」の生き方を貫くのです。「桃栗三年柿八年」、「石の上にも三年」など、昔から先達が教えてくれていますが、私は自分の仕事を天命と受け止め、5年、10年、15年、20年と貫き続ける過程で、人物が渋く輝き始めると思っています。

（「渾身満力」、第千の56回、2015年8月30日）

後生畏《こうせいおそ》るべし ― 若者が先輩たちに追いつき追い越していく

来春（2012年）採用の新人面接を済ませ、最終的に4人を採用しました。雇用を決断することは、経営者として社会的責任の一つでもあると考えます。

我が社は「ものづくり」の会社ですが、**「ものづくり」**は**「人づくり」から**だと考えています。ですから、私にとって重要かつ楽しいのは新人採用の面接です。未来に輝く若者が何年か先にプロジェクトを担当し、お客様に奉仕し、社会に貢献する人財に成りえる、と確信できるからです。

若者は必ず成長します。成長させるべく育成いたします。この若者が先輩たちに追いつき、追い越していく、当然のこと私なども追い抜かれていくわけで、未来に向かって、これほど夢のある希望に満ちたことで、他にこれ以上のことがあるでしょうか。

「後生畏るべし」なのです。通釈：**後から生まれた人や後になって学び始めた人は、努力次第でどれほど成長するかわからない。実に楽しみである。**軽く観るのではなく、むしろ敬うべきだという意味。故事成語の一つです。

（「後生畏るべし」、第768回、2011年12月12日）

私の座右の銘の一つ「物心両立」

「**物心両立**」を社是のように唱えてすでに40年になります。

26歳ぐらいの時（44年前）のことですが、勤務時代にお客様の応接室の壁に、「物心両立」の額が掲げられていました。これを観て、「人生はこれだ！　建築もこれだ！」と感動したのです。その後は座右の銘の一つにしています。

会社設立から現在まで目標であり、これを実現する会社でありたいと願ってきました。「ものづくり」の会社として、建築を創作する会社として、これほどピタッとはまる「四字熟語」はないと私は熱く思っています。

・建築の物としての位置では、確実に合理的に経済的に建設されなければなりません。

・建築の心としての位置は、人々が快適に生活する空間であり、人々の命を守る人間社会にはなくてはならないものとして、捉えることが必要です。

建築は、大きな建造物として捉えるだけでは片手落ちです。建築を住み手、使い手の人間のために創るために「物心両立」が必要なのです。

２０１２年1月8日（日）付『読売新聞』の14ページ「特別面」に、座主対談として、天台宗の第２５６世天台座主・半田孝淳師と、高野山真言宗・金剛峯寺第４１２世座主・松永有慶師が、東日本大震災後の日本人がどう生きるべきか。「魂宿る自然と生きる」をテーマにしての対談が掲載されていました。

松永師は「**物心一如**《ぶっしんいちにょ》」を説いています。「**物と心は一つで、それぞれ命を持つ。石ころにも神仏を見るのが日本人**」であると。

半田師は「忘己利他《もうこりた》」を説いています。「自分のことは忘れ、人のために尽くせ。被災地での両陛下こそ、まさにその姿」であると。

この２つの言葉も「物心両立」につながっています。私は建築家こそ、他人と社会の利益を最優先にするべきで、この言葉も私達の仕事を後押ししてくれたものと思っています。

前回の「当事者意識」について付け加えれば、何事も「他人事《ひとごと》」のように見ないで、一人ひとりが他人の身になって考えてあげること、プラスのこともマイナスのことも、皆で考えて分かち合っていこうとする会社であれば確実に充実すると信じます。「当事者意識」「物心両立」「物心一如」「忘己利他」も、底流ではみな「他者の幸せのために生きる」ことに通じているのです。

（「物心両立」第773回、2012年10日）

守・破・離 — 道を極める

「守・破・離」と言えば、2015年1月4日（日）から始まったNHK大河ドラマ「花燃ゆ」の中、長州藩毛利家家臣の子弟教育のために設けられた藩校「明倫館」講義室の壁に大きな文字が掲げられていましたが、お気づきでしたでしょうか。

「明倫館」は歴史の古い藩校ですが、ドラマでは吉田松陰の私塾と競う重要な設定です。「守・破・離」について現代では、茶道、華道、舞踊など芸事の世界でよく使われていますが、武道・スポーツや研究、仕事など、どんなことにも通じることです。勿論、建築設計でも同じです。

2008年1月3日の第276回の「守・破・離」では、TVのドキュメンタリー番組「京料理、動く」で、京都の高級料亭の主人の言動と、厨房で働く若者が下働きで手はアカギレで、努力と苦労を重ねているわけですが、若者の顔は明るく将来の料理人として成長していく過程を、今、歩んでいる自覚が言葉や態度に出ていることを書きました。

守：基礎、基本。何事にも基礎と基本があります。基礎、基本なくして、一足飛びの上達には無理があります。さらに、スポーツ選手など上達し一流になるほど基礎、基本、を大切にしています。不振や不調の時、「原点回帰」とよく言いますが、基礎、基本の大切さを信じているからそこに戻ると言うのです。

建築設計においては、「ヒューマンスケール」とか、「ユニバーサルデザイン」など、さらに守らねばならない法令や技術の約束事など、基礎、基本を学び身に付ける段階です。

破：基礎、基本を身に付ければ、そこからが一人前としてムリ、ムラのない確実な仕事ができるかどうか、何年続けられるか、次は基本を発展させたり、基本を破ってみることができるか。そうした挑戦ができる段階です。

離：基本という世界を忘れず、それを発展させ、多くの人々が賛同してくれる領域で、芸事で言えば、一派をなし、弟子をとり育成することがゆるされる領域です。

建築設計では、プロジェクトリーダーのことで、内部ではプロジェクトの組み立てを推進し、スタッフの指導を併行して質の高い仕事を進める役割を担い、外部ではお客様をリードしながらご満足いただくこと、現場では工務店の方々と公正に協議し品質を保ち完成させられる者。会社のことも社会性もわきまえ、お客様の利益を優先できる者。こういうレベルの社員が多い会社は充実し成長すると確信します。

日比野設計では、新入社員から中堅社員、ベテラン社員まで、育成から成長のことについて「守・破・離」を目指したいと考えますし、一人ひとりの社員も、「5つの自……・自立　・自律　・自助努力・自己責任・自己判断」に基づき、「守・破・離」を段階的に納めていただきたいし、この教訓も「不易」の一つと考えます。

（「守・破・離」、第千の8回、2015年1月11日）

雑学大学 ―「縁づくり大学」

2015年11月15日（日）・藤沢市善行公民館において、善行雑学大学主催の月例会で、「福祉施設の創り方」というテーマで、講演をさせていただきました。

この大学は藤沢市や茅ケ崎市などの65歳以上80歳ぐらいまでの方々で、まだまだ学びたいという意識のある方々が誰でも入学できるのです。現在500名ほどの会員学生が入学している大学で、毎月第4日曜の午後2時から2時間、講師による講演を聴くのですが、すでに16年も続いている、正に「雑学大学」は「縁づくり大学」です。

10人ほどの世話人の方々の努力は並大抵のものではないと思います。昨年、神奈川新聞から地域活動について顕彰されたとの、すばらしい報告がありました。講師は原則会員学生から選ばれ、各界で活躍し一線を退いた方々ですが、官界、経済界、各学術学会など多士済々による心意気の無報酬による講演です。

確かに雑学とは上手い表現で、社会のあらゆる分野にまたがり、それぞれ名士の方々の生きてきた道筋やその道の深い話を、分かりやすく伝えてくれるのです。

余談ですが、53年ほど前の学生時代に、意匠系の教授から「建築は雑学だ」と教えられましたが、この頃やっと、雑学とは「**人間の生活百般、あらゆることに気配り、目配りして学ぶこと**」と、分かってきたように思います。

名士でも一線を引退したわけでもない私ですが、74歳という年齢で会社にもまだ関わりを持ち、テニスを楽しんでいる元気のある者として、出番が回ってきたと思っています。私が話せることは、建築一筋で生きてきましたから、建築の話ですが、建築でも専攻建築士として一足早く取り組んだこと、「幼児の城」から障がい者施設、そしてお年寄りの施設までの特化した設計活動の話をさせていただきました。

「幼児の城」と言えば、社員が燃える気持ちで取り組んだ作品の数々に、全国の幼児保育と幼児教育関係者から注目していただくことになりました。海外のデザイン雑誌に掲載されたり、ＴＶの取材を受けたりの相乗効果についても話しました。

また、全国の各所でゼミナールを開催すれば、大勢集まっていただき、それぞれの反響がありました。さらに中国からも視察いただき、仕事が成約した報告。まだ広い社会の行政では、待機児童対策が続いているわけで、今後も質を確保した園舎創りが大切であることを話しました。

また、10～20年後でも母子手帳の発行から中学卒業まで、厚労省と文科省のこども関係管轄をまとめ、一元行政とする、「こども家庭庁」が実現したら少子化の解決の一つにならないかなど、個人的な夢の提案をいたしました。

障がい者施設では、「郊外から街へ」というテーマで、健常者と障がい者が共存して助け合うことが大切だと話しました。また、「県央方面特別支援学校」が、２０１１年6月にプロポーザルに取り組んだエピソードや、「尚恵学園成人寮」のプロポーザルに取り組んだ姿勢などを話しました。

特別養護老人ホームの創り方については、「快・結・絆」による三方良しの創り方について話しました。それは、

①入居者のお年寄りが快適な生活として日々暮らせること。

②事業主がホームを建設するにあたり、入居者から快適だと喜んでいただけること、介護職の職員から働きやすいといっていただくことなど、ホームを建設して良かったと社会貢献した満足感が得られること。

③ホームが地域社会の拠点となり、「地域と福祉」について皆が参加できるホームであること。

などを映像と共に話し、私はこれからも建築士であると同時に縁づくりのために働きたいと講演を結びました。

（「雑学大学」、第千の66回、２０１５年11月16日）

第4章　リーダー、プロ意識、健康

リーダーというと、統率力や決断力、指導力、先見性、経営感覚、寛容さ、厳しさ、優しさ、責任感等々、様々な資質が問われます。

私のコラムを読んでみると、そうした項目とは少し違った視点で書いているのが多くあります。それは、社員の一人ひとりがリーダーであり、責任者であって欲しいと願っているからです。

技術力やデザイン力は仕事をやりながら向上させていくことができます。私はそれに加えて徳性を身に付けてほしいのです。ですから、そうした文章が多くなるのです。

私の意を理解して読んで頂ければと思います。

そして健康です。

体の健康、心の健康を維持して元気で頑張りましょう。

リーダーには才能や力量に加え「徳」が必要

『経営者会報07・4号』に経済キャスターの渡辺タカコさんが「できる社長の方程式」というコラムを書いておりました。それを読んで、「できる社長の方程式」は、一人の社長だけのことではなく、とりわけ各界各層のリーダーには必要なことだと思い、そのことを書いてみます。

「有能な人でも、わずかなタイミングで想定しなかった不可抗力から経営不振に陥ってしまうことがあります。……そうなると、努力や知識、能力だけでなく、『運』をいかに味方に付けるかというのも『できる社長』の条件ですね」とありました。

そして渡辺さんは、(「運」を味方に付けるには)「**器量が大切だと思います**」と書いています。広辞苑によれば、「**器」は材の在る所。「量」は徳のみつる所**。と説明しています。

まとめとして、「**『できる社長』の条件は、ビジネスの才能や力量に加え『徳』が必要**です。社長の器量としての『徳』が様々な苦境にあっても、人を引き寄せ、運を引き寄せ、長い目で見て、企業の『得』につながっていきます」と書いています。

「徳」については、何度もコラムで取り上げていますが、改めて私自身、「徳」を身に付けなければと思いました。そして、「できる社長」を、「できるリーダー」や「できる社員」に置き換えても、同じことが言えます。

一人ひとりの社員が「徳」を身に付け「できる建築家」に成長してほしいと願っています。それは、建築の持っている「社会的責任」を果たすためです。

私もまた、挑戦を続けます。


（「社長の方程式」、第143回、2007年4月9日）

建築士は皆、「ものづくり」のリーダーである

第828回のコラムで、一橋大学名誉教授の野中郁次郎氏（昭和10年生れ）が、「読売新聞（2012年10月8日付）紙上で「リーダーシップの本質」を書いています。

これは、建築士もリーダーとして、最も大切なことと思いましたので再掲します。

リーダーの資質は、六つの能力からなると言っています。
①「善い」目的をつくる能力。
②目的を共有する場を適時につくる能力。
③現場を直視する能力。
④直視・直感したものを概念化する能力。
⑤概念を実現する政治力。
⑥右の①～⑤の能力を他者にも広げて「**集合知**」を創り出す能力。
要するに、「理想をしっかり持ち、それを現実の場でメンバーと共有する一方、現実を直視し、言語化した上で実践すること。さらに、その営みを組織皆の『**実践知**』に高めることです」と述べて

いるわけです。

私は読んでいて感動しました。私達も創業して44年（2015年当時）、経営者だけではなく、建築士は皆、「ものづくり」のリーダーであるべきだ、という意識で活動してきたのです。大事なのは、その実践です。日比野設計の実際を書いてみます。

①質の高い建築を創ろうと活動を続けてきました。

②それを共有するために働き易い職場にしようとしてきました。

③社会に必要とされる建築は何かと考えてきましたし、そのために行動してきました。

④色々と市場調査もしましたし、事業主と行政をつなごうと努力しました。

⑤実績を知っていただくために作品集を定期的に編集してきましたし、市販の雑誌にも掲載していただきました。

⑥ゼミナールを開催したり、直接作品を視察いただくことを常としています。

⑦公的なコンクールに応募して、複数の有識者よる審査と評価をいただくことを常に目標としてきました。

おかげさまで、昨年（2014年）から今春に完成した幾つかの作品が、海外デザイン誌に掲載されたり、一昨日発表されました、第9回キッズデザイン賞に、九つのプロジェクトが入賞したりするすばらしいことが今年は続いています。こうした受賞について、何よりうれしいのは、建築事業主と設計担当者とスタッフ、工務店の皆様などと喜びを共有できることです。

会社経営の永続性と良質な作品を創ることは、終わりのない「不易」な道です。これは代々受け継がれていくべき個々の「志」であり、社是でありたいものと考えます。

※野中氏は知識創造理論のパイオニアで、2008年に米ウォールストリートジャーナル紙の「最も影響力のあるビジネス思想家トップ20」の一人に選ばれています。

（「リーダーの資質」、第千の45回、2015年7月5日）

建築家（リーダー）としての10則

①建築家は誰しも、建築を創造する多くの関わりの人々の中でのリーダーです。

…建築を設計する段階、工事監理の段階に入って、どれだけの人々にご協力をいただくか、確実にリーダーシップを発揮しなければ、設計も工事も質の確保はできません。

②リーダーとしての仕事をやり抜くには、家族の支えが何より大切です。

…日頃から家族を大切にする生活姿勢が重要ですし、独身の方々は安らぎのあるホームグランドを築くように努力してください。

③建築が大地に築かれることは、所有の公民を問わず社会の財産です。

…建築を通して社会や地域に貢献する意識で仕事をしなければなりません。

④建築を創ることは、物語を創ることです。

…物語は多くの方々に共感いただけるものでありたいし、誰かに話したくなるストーリー構成やエピソードが必要です。

⑤建築家として、リーダーとして求められることは、情熱です。
∴人々から協力をいただき、賛同をいただくには、情熱とか心意気がなければ人は動きません。
⑥建築家として、良いものを創ろうと全力で取り組んでも、時にはミスやトラブルもあります。
∴欠点や短所など、正直に話し誠実に対処しようとする姿勢は、むしろ共感をいただきます。
⑦会社に所属する建築家は、会社の方針や特徴を「お客様の心に響く」説明ができますように。
∴会社は常に方針を確立し、社内の周知徹底が必要です。
⑧若い方々が建築家として成長するためには、「森羅万象」、全てに興味を持つことです。
∴自信を持つこと、そのためには「**学びて習う……自立を目指す**」。「森を見て、樹を見る。樹を見て、森を見る」。
⑨会社も計画を立てる。個々人でも計画を立てる。それに向かって一歩一歩前進。
∴計画には、短期・中期・長期がある。忍耐と知恵と工夫によって「**創意躍進**」する。
⑩設計事務所は一般の株式会社と少し成り立ちが違います。利益は後からついてくる努力が必要。
∴売り上げとか利益を前面に出さずとも、良質の設計活動の後、自然に膨らんでくるような活動。利益とは、金銭の利益と社会貢献したことによる眼に見えない心の利益がある。
昨年から、今年の年頭所感にはこうしたことを書きたいと構想していました。さあ、新年が動き始めました。皆で歩んでいきましょう。

（「2012年・年頭所感」、第771回、2012年1月1日）

胆識《たんしき》 ―― 養うことはリーダーの不可欠な要素

徳川家の剣術指南役の柳生家に伝わる教えで、「**眼、足、胆、力**」があります。剣術の極意として、第一の「**眼**」は相手の動きを捉え、間合いをとるためには何よりも大切です。

第二は「**足腰**」の強さ、ばねのような弾力も大切です。

第三として「**胆**」が示されているのです。試合にあたり、動揺したり、気力負けしない何事にも動じない心です。

第四が「**力**」ですが、怪力だけでは剣の使い手とは言えません。

「知行合一」は「胆識」に通じる

極意の第三に「胆」を置いていますが、「胆識」に通じます。

もう一つ、第597回「現場主義」で書きましたが、「知行合一」が「胆識」に通じます。知識、見識も実行しなければ何の役にも立ちません。「知は行の始めであり、行は知の成るなり」という「行動の美学」こそ「胆識」ではないかと思います。

安岡正篤師も言っています。

・人格形成の土台となる知識は大事である。

・知識がいろいろな体験を積み、人生的修行を重ねることで、見識になっていく。

・見識は物事を判断する基準になる。
・判断したものを実行する。その勇気、度胸。これが「胆識」である。と。

私は第398回「細心大胆」で、「仕事は心遣いが綿密でなければ、大志を遂げることはできない。『大志』とは良い建築を創って、お客様や社会に貢献する」と書いています。これは、「大志」を抱いたら、それを細心の気配りをしながら、勇気を持って行動することの大切さを書いたのです。

（「胆識」第614回、2010年5月19日）

私が選んだ25字の「孫子の兵法」

「孫子の兵法」は、経営者の学びのテキストとして多く読まれています。若い社員にも読んでほしいと思って書きます。

『孫子』は中国春秋時代の軍事思想家「孫武」の作とされる兵法書で、戦略というジャンルにおいて、後世に多大な影響を与え続けている古典です。軍事面で言えば『三国志』の英雄の曹操や諸葛孔明、さらに近代では毛沢東も活用し成果を収めたといわれています。日本では戦国武将の武田信玄、明治維新の西郷隆盛、『坂の上の雲』の主人公・秋山真之といった名将たちの愛読書だったとも聞いています。

最近では孫正義（ソフトバンク）さんが愛読し、自身の「孫」と孫子の「孫」を掛け合わせた「孫の二乗の兵法」なるものまで発表しているようです。海の向こうではビル・ゲイツ（マイクロソフト）も座右の書にしているそうです。

ということで、今回は私の好きな次の25字による「孫子の兵法」を改めて書いてみます。

・道・天・地・将・法・智・信・仁・勇・厳・一・勢・守

・育・善・先・情・破・熱・群・風・林・離・和・笑

道：職業とか経営には、その道というのがあります。その道を踏み外さない。

天：何事も天の時があります。時代を読む。

地：地の利。今、そこに何があるか、必要か。

将：リーダーとは。人の上に立つとは、何をするべきか。

法：規律。約束は守る。

智：戦わないで勝つ知恵を出せるか。戦ったとしても、消耗を最小限に止める。

信：まこと。信頼関係、お客様と、社員と。

仁：思いやり、優しさ。

勇：摩擦を乗り切る勇気、行動する勇気。

厳：自分に厳しく。

一：心を一つにして、オンリーワン。地域で一番になろう。

勢：なにをやるにしても明るい勢いが大切。

守：スポーツでは守備力がなければ勝てません。

育：徳育・教育・食育・体育・知育など、全て人間の基本です。

善：社会の一隅を照らす。社会に貢献する。
先：先手必勝。
情：人情は大切なれど、情に流されてはならない。
破：改善改革。悪習慣は破る。
熱：熱き心。情熱。
群：社員と共に良い集団をつくる。
風：風を読む。情報。
林：色々な樹種の見極め。沈思黙考。
離：しがらみから離れる。既存や既成概念から離れてみる。
和：和顔愛語（和やかな思いやりのある顔で、優しく声をかける）。
笑：家族、社員、お客様共々笑いの人生を完結させたいものです。
これが私の25字ですが、自分のものになるのは何年かかるでしょうか。字に負けないように生きたいと思います。

（「孫子の兵法」第５４９回、２００９年10月22日）

創業の精神 ＋ ユニバーサルデザイン（UD）

創業して44年目（2015年）、改めて創業の精神を書いてみます。

創業の精神として、創業時に掲げた社是（3＋1）があります。

「**誠意**」、「**熱意**」、「**善意**」の3つと、＋「**創意**」です。

一人ひとりの役員と社員がお客様とお客様のプロジェクトに対し、この心意気で「志」を持ってここまで歩んできました。この社是は私が唱えた個人的な意識ですが、44年経って振り返っても色あせることなく、一人ひとりの社員が持続してくれています。

当社だけではなく、多くの職業人に共通する意識であろうと思います。これを要約すれば、いつも書いています「利他の心・利他主義」となると思います。これは過去・現在・未来も「不易」と信じます。

この社是については、779回で次のように書いています。

創意躍進、社是にかけた私の想い

昭和47年1月4日は、私が創業した日でした。創業祝いに私の目標とする好きな言葉を姉が書いてくれました。それが「熱意、善意、誠意」です。

設計事務所を立ち上げ、この大地に建築を創り築くことは、デザイン力と技術力が確立されているだけでは、仕事にはなりません。仕事はお客様（建築主）から、何回かの面談でこの建築家に任せて安心だとする信頼関係が成立しなければ、仕事を担当することはできません。

熱意のないところには何物も生まれません。熱意、情熱こそ創造の源泉です。

どんな職業の仕事でも創業、創始した人はすべてただならぬ情熱の持ち主であり、情熱の権化であり、その例外はないのです。私の創業とは、建築を創る前に、お客様に情熱を伝え、社員を育成する必要がありました。

私の事務所の壁に「**創意躍進**」という額があります。元経企庁長官の野田卯一先生が、義父と旧制中学からの親友であることから、修善寺の宿で家族共々夜を共にした時のことです。「日比野君、好きな言葉を言いなさい」と言っていただいたのです。私は即座に「創意工夫」と申し上げたら、仕事を充実成長させる意味を込めて、「創意躍進」と書いてくれました。

実に堂々とした書で感極まったことを記憶しています。あれから30年、額の中に私の物語がありますし、額は脈々と社員の気持ちの中に生きています。

「創意躍進」とは、昨日よりは今日、今日よりは明日と常に前進するために、ああしよう、こうしようと考え続けることです。そこに仕事の飛躍が生まれると信じています。

私はその後社是として「創意」を加え、「**熱意**、**善意**、**誠意**、**創意**」としています。

創業時から続いている建築手法（3＋1）

①美しく（建築の内外を美しく・周辺との調和）

②使い易く（機能的な配置計画・平面計画）
③耐震的に（耐震・免震・制震・命を守る防災・減災）

こうした建築を合理的な工法を選択し、その上での＋1は、経済的に建設（無理無駄をなくし、価値とコストを比較しながら深く検討）することです。これらのことについては、建築の世界では過去、現在、未来も「不易」と信じます。

現在、さらに一つ付け加えたいのは、＋2として、ユニバーサルデザイン（UD）の手法です。「バリアフリー」が障がい者など弱者の人々の障壁を取り除くのに対し、UDは子ども、高齢者、外国人、妊娠中の女性、健常な人が怪我をして治療中の方々など、すべての人々が使い易い製品、建築をヒューマンスケールで設計することです。

UDは1990年頃、米ノースカロライナ州立大学教授で建築家の故・ロナルド・メイス氏が7原則を提唱したのが始まりです。

1. 誰もが公平に使える。
2. いろいろな使い方ができる。
3. 使い方が簡単で、直感的にわかる。
4. 複数の感覚器官で情報が伝わる。
5. 使い方が間違っても事故にならない。
6. 少ない力で楽に使える。
7. 使い易いスペースや大きさがある。

今後においては、創業時に掲げた社是＋建築手法（3＋1）に、＋2としてUDを加えて、大いに創作活動を継続してほしいと思います。

ドラッカー博士は、「企業生き残り術」として、世界中の経営者に遺言のように大切な指針を残してくれています。

「グローバル経済の下で、企業はどのように生き残っていくべきか。競争力をいかに向上させていくべきか。**『その鍵は専門への特化である』**。中小であれ大企業であれ、ある特定の分野、市場に精通することだ。これからの時代は企業も社員個々においても、『専門に特化』することによってプレミアムが得られる」と強調しています。

私達がこの20年における会社経営において、面舵を、「幼児の城」「老人施設」「障がい者施設」に切り、それぞれの領域でオンリーワンを目指してきたことに、ドラッカー博士からお墨付きをいただいたようなうれしさです。それでもまだ、道半ばです。

（「創業の精神と…」、第千の26回、2015年3月31日）

創業者として語り継ぎたいこと

おかげさまで、（2009年）11月から新役員の陣容で動き出しました。以前から私の考え方や経営方針を社員の皆様に伝えてきましたが、改めて「語り継ぎたいこと」を2回に分けて書くことにいたします。

○会社経営と設計者としての資質

社会の公器

会社というのは、起業し設立したならば、社会の公器となり、雇用と納税を基本とする。その上で私達の設計・監理業務（社会貢献）を遂行しなければならないと考えます。

規則を守る……コンプライアンス

国家には憲法があり、法律があります。行政には条例や細則もあります。私達の専門業務の指針や規制とする建築基準法等関連法がたくさんあります。これらを遵守することを基礎として業務を進めなければならないのは当然です。

まだ制定されていませんが、「建築基本法」の制定に私は賛成です。これは「美しい国土を守る、住み良い街を創る、これを前提にしてあらゆる建築が、美しく使いやすく丈夫であるとする」などが、要旨になると思います。これは、日本の風土・風習を守り、春夏秋冬という季節を大切にすることも含まれています。

さらに建築士・建築家の前に、人間としての道徳や約束を守ることが、生き方や生活の基本となっていなければならないとも考えます。勿論のこと社則を守ることは当然です。

まず、守るべきものは守る。その次に改革や改善の提案を設計・監理業務に反映させることです。

専門性

会社には新入社員からベテランまで、多数の社員が所属しています。どの世界でも共通だと思いますが、特に建築設計・監理の世界は、若い社員に手取り足取りで教えません。「これはすばらしいと思える感性」が大切で、周辺の良いものを吸収と言いますか、盗むのです。これはどんな設計事務所でも同じだと思います。アトリエ事務所も組織事務所も同じです。感性の良い者、前向きな者が成長してきたことを、私は今まで見てきました。

しかし、プロジェクトには会社の方針やチーフの思いやディテールがあり、協調するところから成長があると思います。

建築の法令、建材の特性、ディテールの納まり、施工のシステムや手順など、ノウハウは多種多様です。同時に、デザイン、構造、設備、積算など、現代の設計・監理の進め方は、それぞれの専門職が「**心と力**」を合わせることにより、建築が誕生するわけで、それぞれの専門職は自らの専門性の向上と同じく、他職の理解をする協調性が求められるのは当然です。

協調性

現代の建築は「規模・納期・コスト・土地の周辺調整」など、お客様の要望は難易度が高い上に、スピードを求められます。事務所としての特化専門性は勿論ですが、個々の技術者も同じく特化専門性の上で、幅広い見識が必要です。

今、個々の技術者には、社内でも、社外であっても協調性が何より大切ですし、現場では工事担当者や下職の方々などとも協調する中に、建築としての「ものづくり」があると思っています。しつかりと自分を確立し、自分の意見を持つことと、他人の意見にも柔軟に耳を傾けられることが大切です。

昔から、建築士・建築家はオーケストラの指揮者と言われてきました。もう一つの表現は、映画や舞台の総合プロデューサーのような役割もあると思います。

健康

「健康な身体、健全な精神」こそ、「ものづくり」を推進する力です。一つの建築プロジェクトは大変な長丁場です。「企画・調査・計画・実施設計・積算・許認可・工事監理」など実務の推進と、品質のことを考えれば、業務を進めている日々の身体の疲労やストレスは相当なものがあるのです。これを乗り切るのには、健康でなければ良質な建築を完成させられないと、断言しても過言ではないと思います。

健康を維持するために、土・日・祭の休日を仕事以外で有意義に過ごすことが、ストレス解消と疲労回復に良いと思います。読書や映画鑑賞、旅行などもお奨めですし、スポーツを「観る・プレイする」ことで楽しむことはすばらしいと思います。仕事以外のことを楽しむことが、疲労回復につながると医師も言っていました。

大いに仕事をする。十分に休養する。このどちらからも感動をいただければ、自己流の「ものづくり」のライフスタイルをつかんでいることになると思います。

誇りを持って

建築士・建築家として、構造士として、設備士として、建築に取り組む専門職など、さらに日比野設計に所属する社員として、建築プロジェクトを推進する一員として、それぞれが誇り（プライド）を持って何事にも臨まなければならないと思います。私達は建築を通してお客様に奉仕し、それが地球社会のお役に立っている専門職であることに誇りを持つことです。

しかしこれには自信が必要です。自信の無い者は誇りを持てないと思います。自信とは、学ぶことから始まると思います。学ぶことと、経験を積むことで自信は裏打ちされると考えます。

「語り継ぎたい」と思うことを6点書きましたが、人生の処世には枝葉末節に至る数々の教訓があると私自身思っていますし、多くの方々もたくさん意見があるものと承知をしています。

弊社の社員は建築士・建築家であり、また目指している若者も大勢います。しかし、働くということを前向きに考えると、どの職業も企業でも共通することが多いと思います。

社員全員が経営感覚を持って、建築士・建築家として良質の建築を創りたいとする「志」を持ち続けてこそ、「会社経営と設計者としての資質」が備わっていると、お客様や多くの方々から支持されると考えます。私としては、それぞれの社員が個性が違うように、少し歩み方が違ったとしても、健康で楽しく面白く「生きる・創る」道を目指してほしいと願っています。

（「語り継ぎたいこと」第５６０回、２００９年12月４日）
（「語り継ぎたいこと　その２」第５６１回、２００９年12月６日）

建築設計・監理においても突き詰めれば「要約力」

日曜日の朝7時30分から、TV・6chで「がっちり・マンディ」があります。私はこの番組が好きで、ほぼ毎週日曜日の朝はこの番組を観てからが一日のスタートです。

売れ筋の商品紹介をしたり、ユニークな会社を経営している経営者を登場させながら、なぜ売れているのか、開発者の声、消費者の意見などを聞きながら、経済評論家の森永卓郎さんが総括している番組です。

今朝は、独特の書棚つくりで売り上げを伸ばしている書店や、塩パンなどの創作パンで、一日6000個も販売するパン屋さんなど、お客様などが大勢来店する中に、全国から同業者が視察に見える店を取り上げていました。

私の生き方として、「**どこからでも学ぶ。何からでも学ぶ。いつでも学ぶ**」ことは、会社経営においても、いや建築設計の総合性（雑学）からして、何よりも大切なことと思い実践しています。

先の森永卓郎さんは、取り上げた会社の特異性や商品の分析について説明するところが、分かりやすく的を射ています。

同時に時代の先を読み提言するところに毎回感心しています。森永さんは、これからの時代の商品開発は、広く社会の要望を要約する「**要約力**」が最も大切ではないかと話したのに、まさにその通りだと感心したことを忘れません。

要約力は仕事ではなくても、「一本の映画を観て要約を語る。一冊の小説を読んで読後の要約を書く。講演を聴いてから要約をレポートにまとめる」などいろいろあります。

これが専門家となれば、映画評論となり、書評となるわけで、その後の客の動員や本の売れ行きなどに大きな影響を与えます。この「要約力」と言えば、毎日読んでいる読売新聞の「編集手帳」、夕刊の「よみうり寸評」、産経新聞の「産経抄」、朝日新聞の「天声人語」など、少ない字数で社会の時評や時候、東西の歴史など人間社会の機微をうまくまとめていることに感心します。

これらのコーナーを担当する方々は、新聞社の一つの顔を代表する方のようで編集長レベルの達者な人が書いているとのこと、言わば要約の達人です。

私達の建築設計・監理においても、突き詰めれば「**要約力**」だと思います。お客様の数々の要望を受け止め、「例えれば、こうですね」と事例やスケッチで適切に要約を提示すれば、お客様の信頼を高めることでしょう。建築は本来「お客様のご要望と立地の状況、コスト配分、法令……」など、諸条件を要約し設計図に反映させるのです。

話の筋を一言で要約すれば……。

お客様への報告を１００字前後に要約すれば……。

会議の記録をＡ‐４一枚に要約すれば……。

プロポーザルの提案書をＡ‐３一枚に要約するとすれば……。

言いたいこと、描きたいことを要約し美しく表現できれば……採用に近づきます。

設計図とは、お客様と建築士の諸処の思いの要約集であるわけです。

（「要約力」、第千の20回、２０１５年3月8日）

プロの条件 ― 進んで代償を支払う覚悟はあるか

私は、建築設計に関わる者すべてがリーダーであると言ってきました。もう一つ言えば、仕事をして報酬を得ていますから、プロであると言えます。一般的にプロと言えば、プロ野球やプロゴルフなどプロスポーツ選手や俳優や歌手などの芸能関係を思い浮かべると思いますが、働いて報酬を得ている以上は我々もプロなのです。

では、果たして我々はプロの意識をもって仕事をしているだろうか。と考えて、私が思うプロの条件を幾つか書いてみます。経営感覚で捉えてもらうとその意味がよくわかると思います。

第一は、「**自分で高い目標設定ができること**」です。自分なりにほどほどにやればいいとか、この程度でいいだろうというのは、目標設定の低いアマの感覚です。高い目標を立て、それを達成すべく挑戦する人がプロなのです。

第二は、「**約束を守ること**」です。約束を守るというのは、成果を出すということです。我々で言えば、仕事をして報酬を得ているわけですから、それに相応しい成果をきっちりと出す。それができる人がプロです。成果を出せなくてもなんの痛痒も感じず、やれなかった弁解を繰り返すのは、アマの典型です。

第三は、「**準備ができること**」です。高い目標を達成するには、その準備が必要です。徹底して準備をして、準備に準備を重ねる。体を鍛えるのも準備です。自分を鍛えに鍛えてから勝負に臨む。

これがプロの姿勢です。それができるのは、自分に責任を課しているからです。まあ、うまくいけばよいという程度では、当然ですが準備らしいことをせずに物事に臨んでしまいます。この差がプロとアマの違いで、勝敗の差も歴然と現われます。

表現を変えれば、プロは寝てもさめても考えています。少しは考えるが、すぐに他のことに気をとられて忘れてしまうのがアマの通弊です。

第四は、「**進んで代償を支払う**」です。プロとアマを分ける決定要因は、「進んで代償を支払おうという気持ちを持っているかどうか」です。

プロとして高い能力を獲得するためには、時間とお金と努力が必要です。それを惜しまず、犠牲を厭《いと》わず、代償を支払っても悔いないことが不可欠です。代償を渋り、自己投資を怠る人は絶対にプロになれないことは自明の理です。

最後に挙げたいのは、一流といわれるプロに共通している条件です。それは「信じる心」です。神は努力する者に必ず報いる、と心から信じているのです。これは呼び寄せの法則でもありますが、不平や不満を抱く人には、それにふさわしい現実しか呼び寄せません。

感謝と報恩の心で生きようとする、それが一流プロに共通した条件です。

再度言います。我が社で言えば、社員一人ひとりが建築設計のプロなのです。一人ひとりの社員が建築設計のプロとして、充実した人生を進めてほしいと願っています。

（「プロの条件」、第７３４回、２０１１年7月10日）

私の成功観 ― なくてはならない人に成る

稲盛和夫氏の『成功の要諦』(致知出版社)を読みました。稲盛和夫氏、55歳から81歳までの講演が収録してあります。コラム、第千の16回で書きましたが、「徳」と、「利他の心」が、成功の法則と言い切る弁が、何とも説得力がありました。

今回は、二つの感慨を書いてみます。

一つ目。稲盛氏は、最初に入った会社に不平不満を持っていたそうです。その時は、運命が開けなかったけれども、自分は素晴らしい会社で素晴らしい仕事をしていると思い、感謝するようになってから、運命が好転したそうです。

こういう話をすると、「それは稲盛さんだからできた」という人がいます。そうではないのです。誰にでも運命を好転させることはできるのです。稲盛氏は、**「意識」がその人の運命を決める。**と言っています。「意識」することで、行動が変わってくるのです。

それは何故か。それは**「因果応報」**の法則があるからです。**生まれながらの運命を縦軸とすれば、横軸に「因果応報」の法則があります。**

実は「因果応報」の方が少し力が強いので、善いことを思い、善いことを実践していくと、運命は非常に良い方向に、時間がかかっても上昇するようになるわけです。

二つ目。稲盛氏の人格は、自分一人で創ったのではない、多くの人達との縁、めぐり会いの中で人格を形成していったということです。稲盛氏はいただいた恩に報いんとして生きてこられました。この実践が氏を大きな高みに導いたのです。

私は、稲盛氏の成功の要諦の核はそこにあると思っています。稲盛氏の数式とは、人生や仕事の結果は、「**考え方**×**熱意**×**能力**」と言われています。これを私なりに言えば、「心を高める」ということになります。

私はいままでのコラムでも、「志」を立て、「意識」を高め、コツコツ実践することの大切さを書いてきました。その方向は稲盛氏の唱えたことと同じです。

要は「知行合一」の実践です。このことが何より重要です。

私の成功観は、誰もが社長になったり、お金持ちになることではなく、**どの部署でもなくてはならない人に成ることです**。

道を極めた人は、皆成功者だと思います。それぞれの立場で役割をキチット果たし、お客様に喜ばれ、社会のお役に立てる建築士は一人ひとり成功者です。これ即ち「不易」です。

社員の皆様一人ひとりが、成功者としての資質を持っていると考えています。

（「成功の要諦」、第千の18回、２０１５年３月１日）

惜福、分福、植福の実践

第２６５回のコラムで、読売新聞に掲載されていた「五郎ワールド」から学んだ「惜福《せきふく》」について書いています。大事なことなので改めて書きます。

幸田露伴の『努力論』に「幸福三説」があります。惜福、分福、植福です。

「幸福は七度人を訪れる」という諺があり、どんな人も幸いに出合うことがあります。その時どうすべきか。まずは「惜福」です。調子に乗って福を使い尽くしてしまわないことです。「惜福」の工夫を積んでいる人は、不思議にもまた福に遇うものです。

会社においても同じです。売り上げや利益の多い時、調子に乗って使い切ってしまったのでは、未来はありません。「備えあれば憂いなし」です。

次は「分福」です。自分が得た幾分かを他人に与えるのです。会社においても同じです。利益や受賞など色々なおめでたがあるものです。分かち合える仲間でありたいものですし、私は互いに拍手することが仲間意識をさらに高めると思っています。

次は「植福」です。露伴は「自分の力や情、智恵を持って」吉慶幸福となることを植え込み育てることと説いています。これが何より重要と考えます。

私は以前から建築設計監理の仕事は**農耕型**（適切な時季に種を蒔き、肥料や水をやり、時には雑草を除去し、時を刻みながら刈り取る、時間と苦労を重ね最後に収穫する）と社員に説いてきました。ズドンと一発で仕留めようとする狩猟型ではありません。設計図をまとめ上げるのは正に「植福」ですし、現場で各工程を積み上げていくのも「植福」です。完成の後、お客様と担当者は幸福を共有するのです。

社員の皆さん、「**惜福**」「**分福**」「**植福**」のこと、日比野設計では色々と実践してきたつもりですが、さらに役員・社員の皆さんが「心と力」を合わせて推し進め、充実した会社に育成していただきたいと思います。

（「惜福・分福・植福」、第千の4回、2014年12月17日）

幸福 ― 幸福の連鎖を生み出していく社会づくり

2008年、第306回で、「幸福」という題でコラムを書いています。川崎市に本社がある日本理化学工業（株）大山泰弘（75）社長の「経営者が語る、私を支えた言葉」を読んでの感想でした。

人間の究極の幸福は四つあるというのです。

一、**人に愛されること**
一、**人に褒められること**
一、**人の役に立つこと**
一、**人に必要とされること**

このことは、現在も、未来も、人々の社会では「不易」であると私は思います。

大山社長は25歳ぐらいの時に、こんな体験をしたそうです。

養護学校から就職を依頼され、二人の生徒を実習生として受け入れました。

ある日、失敗しても中々言うことを聞いてくれないので、「施設に帰すよ」と言ってしまった。それは、施設に居る方が楽だろうと考えたからです。すると彼らは泣いて嫌がったそうです。

ある日、禅寺のご住職に、この疑問をぶつけてみたところ、「人間の究極の幸せは、物やお金ではなく、人に愛されること、褒められること、役に立つこと、そして、必要とされること、の四つです。愛はともかく、後の三つは仕事を通じて得られるもの、働きたいと願うのは、本当の幸せを求める人間としての証なんですよ」と言われたというのです。

それで大山社長は「障がいの有無に関係なく、その**『場』を提供することこそが、企業の存在価値であり、経営者の社会的使命ではないのか**」と気づいたそうです。

そして、その後もそうした雇用の「場」を持続させているようです。

なんと素晴らしい話でしょう。

大山社長は、「**従業員も幸福なら、私も幸福です。そういう幸福の連鎖を生み出していく社会づくりに、今後も貢献したい**」と書かれていました。

ネットで調べた範囲では、こちらの会社は元気よく脈々と経営されていますし、障がい者雇用は続いています。

障がい者が自立できる社会こそ福祉文化国家であると私は考えます。今後もこの方面の施設づくりで社会貢献を目指せることが、我が社の「幸福」であると考えています。

（「笑う門に福…」、第千の5回、２０１４年12月20日）

「ねむの木の子どもたちと、まり子美術展」

３月29日（土）、午後2時、横浜駅東口・そごう百貨店６階にある「そごう美術館」で、学校法人ねむの木学園・社会福祉法人ねむの木福祉会・ねむの木の子どもたちと、まり子美術展実行委員会が主催する「ねむの木の子どもたちと、まり子美術展」に出かけてきました。

宮城まり子さんが、美術展の入り口で迎えてくれました。今回の会期は10日間ですが、できる限り美術展に出かけ来館いただける人々とお会いできればということのようですが、それでも時間に限りがあるわけで、お会いできて大変良かったです。忘れられない日となりました。

宮城まり子さんは実力派の歌手であり女優であったことは、私たちの子どもの頃から承知していました。１９２７年生まれですから、現在87歳（２０１４年）とのこと。想えば59年前「ガード下の靴みがき」で歌手デビューでしたが、戦後10年ほどの時代ですから、時代性ピッタリの歌で、今でいうミリオンヒットだったと思います。田舎でも随分流行りましたから。その後も歌手であり女優として、舞台やテレビで活躍され、テアトロン賞なども受賞されました。

１９６８年に日本初の肢体不自由児療養施設「ねむの木学園」を設立。１９８８年のヘレン・ケラー教育賞など長年の教育活動への受賞も多数。現在も「ねむの木学園」の理事長、校長、園長などをつとめながら子ども達と生活を共にしています。車いすを利用していますが、実に美しく、お年を感じさせない白髪の美人でした。

『**やさしくね、やさしくね、やさしいことはつよいのよ**』……美術展のコンセプトですが、宮城まり子さんの心だと思います。実にいい言葉だと思います。

人はこれだけ辛抱強くやさしい気持ちを持続できるでしょうか。宮城まり子さんは学園を創設して46年来、この心意気だったと思います。

実に上手い！　よくもこんな発想の絵が描けるものだ！　なんという根気であり集中力！　ものすごい迫力、感動の色使い！　中学まで字が書けなかった脳性マヒのお子さんが、宮城まり子さんの愛情で絵が描きたくなった、描くことができた。35人の子ども達の約120枚（半分以上が50号以上の大作）ほどの絵を展示していました。

宮城まり子さんの作品もありました。学園の生活をまとめた短編映画も観賞できました。感動をいただき、さわやかな一日になりました。翌日のニュースによれば、皇后陛下も参会されたとのこと、私達とはすれ違いのようでした。

「不自由な子ども達を46年間も、いやこれからも、一身と一心を捧げ続ける宮城まり子さん。反抗的だったり、無表情だったり、様々な障害を持った不自由な子ども達に、生きること、生きる喜びを愛情で教え、共に乗り越え、多くの芸術家達を感嘆させる絵を描き上げるまでに育てたのです」

……世の中にはこんなにまで不自由な子ども達に愛情を注ぐ方がいるのです。

おかげさまで、私達が設計監理を担当します「神奈川県立県央方面自立支援学校」（プロポーザル入選採用）がそれぞれの工区の工務店も決まり、いよいよ新年度から着工の運びとなりました。私達も立場や仕事は違いますが、不自由な子ども達の学び舎を誠心誠意、工務店の多くの方々と「心と力」を合わせ完成させねばと、決意を後押しされたように思いました。

（「ねむの木学園」、第９５４回、２０１４年3月30日）

健康と繁栄 ― 生活習慣の改善ポイント

考えて見れば、健康な社員が良い仕事を持続的に続けられるわけで、不健康では仕事に気や力が継続的に入りません。お客様とのコミュニケーションも健康の持続があるから果たせるのです。「健康と繁栄」については、私の会社経営44年を振り返っても確信するところです。

社員の健康、社員の健全な創作意識、良質な仕事、顧客満足、社会貢献、安定財務、社員の物心両立と続くような、環境（風通し）の良い会社経営を目指したいと常々考えてきた44年でした。

先達の健康術を整理してみます。

第５７６回のコラムで、安岡正篤師の健康三原則を紹介しています。

第一に心中常に喜神を含むこと（どんな苦しいことに逢っても心のどこか奥の方に喜びを持つということ）。第二に心中絶えず感謝の念を含むこと。第三に常に陰徳を志すこと（絶えず人知れず善いことをしていこうと志すこと）。

安岡師は健康とは心の在り様のことと言っていますが、現代風に言えばストレスに負けない法を言っていると思います。

考えてみれば、確かに精神的な安定は、何よりも健康につながっているように思います。

慶応義塾大学医学部の坪田一男教授は、「加齢に伴う目の病気の中には、高血圧や糖尿病などの生活習慣病が引き金になるものも多い。生活習慣を改善し、体全体の若さと健康を保つことが、目の老化防止にもつながると考えられる」として、生活習慣の改善ポイントを紹介しています。

それは、**「運動」「カロリー制限」「ごきげん」**の三つです。

「運動」は、成長ホルモンの分泌を促し、生活習慣病の元になる肥満を防ぐ。ストレッチ、ジョギングなどの有酸素運動、筋力トレーニング、バランス運動（片足立ち）の4種類を勧めています。

「カロリー制限」は、肥満を防ぐだけではなく、長寿にかかわる遺伝子を活性化させる。ただ、必要な栄養は十分取ることが重要。「腹八分目を心がけ、脂質を減らし緑色野菜や果物を多くとることが望ましい」と坪田先生。

「ごきげん」とは、ストレスをためず、リラックスして笑顔で過ごすこと。ストレスは免疫力を低下させ、老化を助長する。「ごきげん」のためには睡眠も大切。食事は就寝の3時間前には終える。

起きた時にスッキリ感がなければ、何か障害があるのかも？

さあー 一人ひとりの幸せのために、健康管理は個々で、そして皆で互いに啓発し合って……いきましょう。

（「健康と繁栄」、第千の37回、2015年5月28日）

養生訓 ―「三楽」「内欲と外邪」の制御

健康に関して言えば、貝原益軒の『養生訓』があります。『養生訓』は300年も前の著作ですが、実に理に適っていると言われています。

益軒は、「聖人は未病を治す」と説いています。「病気がまだおこっていない時に、あらかじめ用心すれば病気にならないのである」というわけです。最近重視されている予防医学の大切さを指摘しているのですから、すごいです。

益軒の人生観に、およそ人間には三つの楽しみ「**三楽**」があると言っています。

第一は、**道を行って自分に間違いがなく、善を楽しむこと。**

第二は、**自分のからだに病気がなく、気持ちよく楽しむこと。**

第三は、**長生きして長く楽しむこと。**

富貴であってもこの三つの楽しみがないと本当の楽しみはない、と。

確かに、道を行ってとは、好きな仕事に従事できて、仕事を通じて善行を積み重ねることができます。さらに、病気がなく長寿で続けられれば最高の人生だと、私も思います。

益軒は、これを実現するには「内欲と外邪」の制御だと言って、内欲、特に飲食のことでは、「飲食は生命の養分であるから、毎日最も大切にしなければならぬ。それは、好みに偏った食事であったり、食べ過ぎ、飲み過ぎを戒め、腹八分を心掛けよと書いています。

また、益軒は、適度にからだを動かせと言っています。楽だからと言って座ってばかりとか、寝るべきでない時にゴロゴロ寝ているようではだめと書いています。前述した、坪田一男先生の「腹八分と運動」に通じます。

さらに益軒は、「怒り・悲しみ・憂い」を少なくし、欲を抑え、心安らかにして気を和らかに荒くせずと書いています。安岡正篤師や坪田一男先生の指導であるストレス解消と同じです。

外邪とは天の四気である。「風、寒、暑、湿」に気をつけなさいとのことで、昔から日本は春夏秋冬の季節の変わり目や、季節の過ごし方に健康を害することがあると言われてきました。

風は台風や暴風のことで、爽快な風のことではありません。寒さに気をつけるのは勿論ですが寒暖の差は大敵。暑とは今でいう熱中症対策のこと。湿とは湿気のことで、湿気からくるカビ対策のことで、昔からあったのです。これらをよくよく考えると、現代建築が果たさねばならない原点でもあります。

益軒は、「**心はからだの主人**」とまとめています。「この主人を静かに安らかにさせておかねばならぬ。からだは心の下僕である。そのために動かして働かせねばならぬ。そうすると飲食したものはとどこおらず、血気はよく循環して病気にならない」

益軒に学びました。……健康で良い仕事を重ね、社員も会社も繁栄したいものです。

（「健康と繁栄　その2　養生訓」、第千の40回、２０１５年6月12日）

私の健体康心 ― 何よりも両親に感謝

ものの本に「健康とは、**健体（すごやかな体）と康心（やすらかな心）**のことである。体を健やかに保つこと。それは天地から体を与えられた人間の務めである。そしてそれ以上に大事なのが、心を康らかに保つことだ。体が丈夫でも心が康らかでなかったら、健康とはいえない。いや、たとえ体が病弱でも心が康らかなら、生命は健やかである。これは人間個々から小さな組織、国家まで、あらゆる生命体にいえることであろう」

と、書いてありました。なるほどその通りだと思います。

良い仕事、難解な仕事、期間の厳しい仕事、予算の厳しい仕事、お客様の要望が多岐であること、大きな仕事などに責任を背負って取り組むには、「健体康心」でないと務まらないと、若い頃確信を持ちました。「健体康心」と建築をつくり続ける実践をしてきました。

恥ずかしながら少し自分のことを振り返りますと、何よりも両親に感謝です。丈夫な体に産んでいただきました。

小学４年生の頃、父親が剣道をやってみたらどうかと古道具屋で防具を買ってくれました。折々に良き師範に指導を受け、その後30歳まで剣道を続けました。おかげさまで、高校剣道では全国大会に、大学剣道では学生選手権にそれぞれ出場しました（30歳の時４段に合格）。20歳代は少年剣道を指導しました。

30歳で会社を興し、社員の皆さんと共に草野球チームをつくり10年間地域のリーグ戦に出場を続けました。40歳からテニスを始め現在まで35年続いています。最近は出社が月1～2回になりましたので、週4回の午前中はコートに出かけますし、ほぼ毎日入浴も兼ねて、夕方整備運動のつもりでスポーツジムに通い、体の基礎的な手入れをしています。

『打って反省、打たれて感謝』という剣道の教えがありますが、これはテニスにも通じますし、上には上があり、幾つになっても**「学びて習う」**ことは、また楽しいというところです。

食生活においても、いつも美味しく一日3食をいただきますし、妻が栄養価のバランスを考えてくれます。酒は薬の役割？ です。たばこは断煙して17年経ちました。

康心においては、何よりも趣味は読書です。月に小説を2～3冊、歴史小説、経済小説、推理小説など乱読。月刊誌、週刊経済誌、新聞2紙なども目を通しますし、気になる記事は切り取ってストックしています。

役員・社員の皆さん、急がなくてもいいのですが、日頃の忙しい業務から月に数回は心身を解放して、「健体康心」を心掛けてください。社会のお役に立つ良質な建築は、担当する皆さんが、「健体康心」であってこそ誕生するのです。すばらしい建築人生を築いてください。

（「健体康心」、第千の92回、２０１6年5月15日）

笑う門に福来る ― 笑顔はビジネスや生活の要諦の一つ

第２５２回の再掲で、精神科医の話です。「**人間は笑わないといけない。笑うことで、病気の人は回復を早められるし、健康な人もその維持に大いに役立ちます。**」と言うのです。

この医師の話が実に面白い。

「４×９＝36です。８×８＝64です。36＋64＝１００になります。……人生は４×９・シクシク泣きたい時もあります。四苦も乗り越えなければなりません。乗り越えれば８×８・ハッハ、ハッハと笑えるのです。こうしたことが繰り返される人生は１００であり、充実しています」

想えば、高校や学生時代にスポーツに打ち込み、苦しい稽古を積み重ねて、試合に臨み、成果が出ればチームメイトとうれしく笑いあった思い出があります。

仕事でも連日夜遅くまで取組み、情熱と苦労の結晶として納期にキチッと納めた時は、スタッフ共々微笑み感動を共有したものです。プロポーザルに挑戦し、採用という結果が出た時は、苦労などすっかり忘れて、皆で拍手し、周りは皆笑顔です。

職場では仕事をする時の真剣さ、集中心、一息入れる時の明るい笑いなどを繰り返す日々でありたいものと思います。職場や家庭で、先輩や後輩の集まり、チーフとスタッフなど、笑える生活姿勢を充実させてください。

昔から『**笑う門に福来たる**』という伝えがありますが、人間社会の真理です。この教訓は老若男女、どんな職業においても、どちらの職場でも、現代でも次代でも、「不易」であることを確信いたします。笑顔はビジネスや生活の要諦の一つです。

（「笑う門に福…」、第千の5回、2014年12月20日）

第5章　徳ある人を目指す　―　信、縁、恩、運、ツキ

人づくりで、私が特に強調してきたのが「**徳**」でした。

言葉で「徳」というのは簡単ですが、その中味を理解するとなれば、なかなか難題です。ましてや、それを身に付けるとなれば、なお難しいと思います。

「徳」に関するコラムをまとめてみました。「徳」を学ぶ一助になれば幸いです。

徳に基づき ― 徳は人として最も大切な心の在り様

月刊誌『致知』の［巻頭の言葉］を長年読んでいると、その中に「人生の大則」があると最近感じています。それは、「徳」を身に付けることではないか、と受け止めています。

稲盛和夫氏の言葉を紹介します。

「経営はトップの器で決まります。企業を発展させていこうとするなら、まずは経営者が人間としての器、言い換えれば、自分の人間性、哲学、考え方、人格というものを、絶えず向上させていくよう、努力を重ねていくことが求められるのです。

しかし近年、少しばかり事業で成功を収めただけで、謙虚さを失い、傲岸不遜に振る舞い、私利私欲の追及に走ることで、せっかく手にした成功を失ってしまう経営者がいます。

いまこそ賢人、聖人たちの知恵に学び、『徳』ということの大切さを改めて理解することが大切です。それによって、単に一つの集団の発展を導くのみならず、荒《すさ》みいく日本社会の再生にあたっても、大きな貢献を果たすのではないでしょうか」

……さすがに稲盛さんの言葉には実績と共に説得力があります。

会社の経営者や役員、プロジェクトのリーダーだけではなく、学校の教師、部活動の監督やコーチ、主将など人の上に立つ者皆が心すべきことだと思います。

私の書いてきた1000編のコラムで、基本的に掲げていることはやはり「徳」です。建築設計者として、業務を推進することにおいて、最も大切な心の在り様と考えてきたからです。

我が社の社長はじめ役員・社員は皆「有徳人」とお客様や関係者から評価いただきたいといつも願っています。

過去において「徳」に触れたコラムを挙げてみると、第219回の「**徳と集団**」、第233回の「**母の徳**」、第314回の「**徳は得なり**」、第462回の「**徳と人物**」、第712回の「**徳に基づき…**」、第999回の「**人に長たる者の人間学**　その3」があります。

「徳は得なり」では、「徳」というのを平たく初歩的に言うと、人間が自然から与えられているもの全て、即ち、得たるところのもの、みな「徳」だ。天から、自然から、親から生んでもらって与えられたものみな「徳」という。だから「徳は得なり」ともいう。

また植物論で言えば、「**玄徳**」のことを根。だから人間学を確り養い（太陽や水、肥料などで）、芽が出てきたらこれを良く世話をして（太陽や水をやり、雑草の除去など）育て美しい花を咲かせる。これを明らかにするという意味で「**明徳**」という。

「徳と人物」においては、まず、両親の「徳」に触れ、親孝行として「徳」のお返しをしてほしいと書きました。お返しは高価な物ではなく、「心」の温かい言葉からはじめるのです。両親に対し「ありがとうございます」と。

感性を磨いていくと、お客様や友人の「徳」に触れ、感動をいただく最高の人生を歩めるようになると思います。

「徳」の感動をいただいた小山昭雄先生

因みに、私が業務を始めてからこれまで、多くのお客様や関係者から「徳」をいただき、大変幸せです。最初にいただいた「徳」による感動は、湘南やまゆり学園の前理事長・小山昭雄先生です。昭和50年代から茅ヶ崎市、伊勢原市、横浜市の３市内に８園舎を経営され、常に２０００名を超える子たちを教育されています。

全ての園舎の設計を担当させていただき、学園の充実発展のお手伝いをさせていただきましたが、先生は私利私欲なく、視野は全て幼児教育のことで、「三つ子の魂百まで」と、「国家の人づくりは幼児教育から始まる」が信念で、「**有徳**」の哲人・賢人です。

「日比野設計の設計図は心で描く」と、ある書に書いていただき、感激したことは忘れません。弊社の「幼児の城」の原点は、ここから始まったのです。

湘南やまゆり学園さんは今年創立50周年とのこと、誠におめでとうございます。小山昭雄先生は80歳を超えられましたが、今後も健康長寿で、まだまだ広く社会に意見していただきたいと思います。

（「徳に基づき」、第千の82回、２０１６年3月12日）

徳をつくる ― 人間を人間たらしめる本質的要素は「徳」

設計者に大切な資質としては、「**デザイン力・技術力・継続力・実行力**」など色々ありますが、お客様と協働する設計業務には、人間として「徳」が備わっていることが前提であると確信します。

会社の経営において、社員一人ひとりの人間の「徳」の有無が、顧客満足という視点において、いかに大きな影響を及ぼすか。私達は肝に銘じなければならないと思います。

「徳」についての安岡正篤師の言葉です。

「人間を人間たらしめる要素には本質的要素と付属的要素がある。本質的要素とは徳性であり、徳性とは明るさ、清さ、人を愛する、尽くす、恩に報いる、誠実、正直、勤勉、などの貴い心の働きのことである。

それに対して、知識、知能、技能などは徳性の発露を助ける付属的要素である。……人は天から徳を授かってこの世に生まれる。**人は誰でも有徳の子なのである。だが、耕されない沃野《よくや》が荒野と化す**ように、徳はひからびてしまう。常につくり続けなければ、徳は育たない」

なるほど、誰でもが有徳の子として生まれてきたとしても、「徳を育て、徳を磨く」ことを忘れてはいけない。との教訓です。

安岡正篤師は、これにあえて付言すればと、次の言葉を書いています。

『「倹を以て徳を養う」……倹約、謙遜、ムダをしない、慎むなどが大切で、傲慢こそは徳を害う最大のもの』

「徳をつくる」とは生涯のテーマであることを、ここに学びました。

（「徳をつくる」、第740回、2011年7月31日）

繁栄の法則 ― 信を保ち、信を築く

北川八郎著『あなたを苦から救うお釈迦さまのことば』（高木書房）に感激して、さらに北川八郎さんの本を購入して読んだ中に『繁栄の法則』（致知出版社）がありました。

書の冒頭に、ここで言う「繁栄」とは、「ただ利益を得ることや、事業を拡大することだけを指すものではない」と述べています。

「今の世界は人類繁栄の最後の方の段階に入りつつあるという感触を得ている。中略……このまま進むと「がん」になる人は増え、対立と競争と奪い合いの世界に再突入しつつあるとの感を否めない。どうにかして、このスピードを緩めたいと思う」とも述べています。

経営のスピードを緩めるなど、今の企業には大変困難なことだと思います。日本の株式会社は売り上げ、利益至上主義で経営しています。この意識が強すぎると、短期の成功を求めることになり、空回りが始まることが多くなると私も思います。

昨年の上場企業の倒産が34社にもなったのは、北川さんに言わせれば、「これらの経営者は一番大切な法則を身に付けていなかった。それは心の活用のことで、大事な徳や感謝や『人の喜びのために生きる』という部分を忘れて、自分の利と会社の都合だけのように思う」ということになります。これでは世間の応援はいただけないと指摘してくれているようです。

勿論、倒産にいたる経緯は単純ではないと思いますが、社風や経営方針に一因があることも否定

できないと考えます。

『繁栄の法則』の大事なことは、「与えること、感謝すること」が基本。「少し損をして生きている」ぐらいが丁度良い。第４３６回の「正直」で書きました「正直スーパーマーケット」の話と符合すると思いました。

少し手間や経費がかかり損をしているようでも、お客様がファンとなってくれ、店は「繁栄」しているのです。先の倒産企業は「儲けよう、取り返そう」とする意識が焦りとなり、経営の悪循環となったのではと思えてきます。

「逆に少し人に良きものを与える生き方で、成功して繁栄し続けている人や会社もまた多いのです。利を最優先にして生きると、どんな仕事でも、どんな商売でも利に弱いので時代の波に左右され、良かったり悪かったりの山と谷の世界に入っていきます。一方、人の喜びのために仕事をしているお店や会社は売り方や人間味に安らぎがあります。お金だけを追っている経営者はただ忙しいだけで、奥の深い人生を知らないままで終わります」

「利よりも信、自分の使命を果たす」のが何より大切と北川さんの厳しい指導です。

北川さんの教えは、第４００回の「持つ者は……」で書きました「**持つ者は、持たざる者より劣る**」とも共通します。「持とう、増やそう、稼ごう、儲けよう」の強い意識が大きな失敗や崩壊につながるのです。

「**お客様に、社会に貢献する。信を保ち、信を築く、そして建築を創る。利は後からついてくる。拡大主義を戒め、ゆっくりと充実主義を貫く**」

私の後にも受け継いでもらいたい建築設計事務所の経営方針です。

（「繁栄の法則」、第４３９回、２００９年1月22日）

利より「信」―「信」を以て良質の建築を創り上げる

釈尊は言われる。「『**信**』は、この世において人の最高の財である。徳を良く実行したならば、幸せをもたらす。……明らかな知恵によって生きる人を最上の生活者と呼ぶ」

『**信**』こそ、この世を渡る貨幣である。『**信**』無き会社はたちまち潰れる。『**信**』を失った組織はすぐに崩れ去る。これが人の法則であることを、次の世代の人達と子ども達に伝えたい。特に会社の経営者や、政治に携わる人、そして公務員は『**利より信を選ぶ勇気**』を『人生の戒』としてこれを持つようにしてほしい」

北川八郎著『あなたを苦から救うお釈迦さまのことば』（高木書房）の中に出てくる文の一節です。第千の11回で書きました「利他主義」の話に通じるわけですが、建築設計を始め多くの職業に従事する者皆共通で、利よりまず「信用第一」で内外の業務を進めることが大切と受け止めています。

孔子は沢山の論語の中で「信」について弟子たちに最も大切なことと教えています。

・「子曰わく、四つを以て教う。文・行・忠・『**信**』」……通釈：孔子は、主として四つのことを教えた。一つは文（学問）、二つは行（実践）、三つは忠（誠実）、そして四つには「**信**」（信義）である。

「知行合一」を誠実に推し進めれば、やがて「信」に到達するとの教訓です。

・「無信不立《しんなくばたたず》」という言葉があります。……弟子の子貢が孔子に「政に大事なのは何ですか」と尋ねると、孔子は、「食糧と防衛と、民が政治を信用することの三つが大事だと答えた。では、やむを得ずして抜くとしたらどれから抜きますかと聞くと、「まず、兵をなくそう」、と答えた。もう一つ抜くとしたらと尋ねたら孔子は「食糧をなくしなさい。信がなくなったら話にならん」と答えた。……要するに、政治にかかわらず、**会社経営においても最も大切なのは「信」すなわち信用であるということです。**

・「子曰わく、人として『信』無くば、その可なるを知らざるなり」……通釈：誠信は人と人が合交わる上で必ず必要な徳である。もしこれが無ければやっていけるわけはないという意味です。

建築設計監理の業務は何よりも「信用第一」です。お客様と建築士、確認審査機関と建築士、建材メーカーと建築士、工務店と建築士など、どの関係においても良質の建築を創り上げるために、互いに「信用第一」が最も重要と心得ています。

私は創業時点から社是として、『誠意・善意・熱意＋創意』を43年間掲げてまいりました。社員の皆さん、今後も創業の精神は社是と共に、「信用第一」を貫いてください。これ「不易」です。

（「利より『信』」、第千の14回、2015年2月15日）

恩 ― 「おかげさま」

「恩」ですが、人間社会で一番大切なことと問われれば、私は「**恩**」と答えます。この世に生を授けてくれた親の「恩」。育ててくれた親の「恩」が、「恩」の始まりです。幼・小・中・高・大とそれぞれの成長段階に教育してくれた師の「恩」。担任の先生や部活の先生など、温かい「恩」は数々あります。

これまでの交友関係において、支えてくれた同僚や先輩の「恩」も忘れられません。社会人として第一歩の職場において、職業や仕事のイ・ロ・ハを教わった、職場の代表者や先輩の「恩」。独立創業を後押ししてくれたお客様の「恩」。

その後、仕事をさせていただいた一つひとつの、官・民のプロジェクトによるお客様の「恩」。私のコラムも第４８７回になりますが、折々に「おかげさま」という言葉を使わせていただいていますが、ここまで生をいただき、仕事をさせていただいたのは、正に多くの方々からお世話になったことの「恩」であり、心から「おかげさま」なのです。

致知出版社『安岡正篤一日一言』の5月19日は「『恩』に生きる」です。

「口…環境と、大…ひとの手足を伸ばした相と、心とより成るものが『恩』の字です。何のおかげでこのように大きく存在しておるかと思う心が恩を知ることです。われわれは天地の恩、人間の恩、道の恩、教えの恩など、あらゆる『恩』の中にあります。これに絶えず報いてゆくのが生活であります」と書いています。

振り返れば、どれほど多くの様々な「恩」を授かったものか、「おかげさま」で、実にありがたいことです。私も社員共々「生」あるかぎり、公私併せて「恩」に報いてゆく（恩返しの）生活を続けなければと考えます。

（「恩」、第487回、2009年5月19日）

名人 ― 教育の原点は幼児教育から

表題の名人は幼児のことです。

何もかも吸収する名人
まねる名人
打てば響く名人
難しいと感じない名人
体を動かす名人
繰り返しの名人

この6つの名人に加え、「お母さんに勝る教育はあっても、お母さんに勝る保育なし」を表紙に書き込んだ、『「願いは保育でない教育」湘南やまゆり学園〝小山昭雄〟』（斎藤信二著、高木書房刊）

が出版されました。ＤＶＤも添付されている感動の書であり映像です。

小山理事長さんとは、37年のお付き合いで、私も私の会社の社員達も育てていただきました。建築家は建築主に育てられるとよく言われますが、おかげさまで、小山理事長さんとの出会いと、その後の園舎づくりの取り組みにおいて、幼児教育の大切さと人の道を教わりました。私と私の会社の大恩人であります。

国づくりは人づくり、人づくりは教育から、教育の原点は幼児教育からと私は常々思っていますので、確実な幼児教育を全国に広めるためには、保護者の理解と全国の幼稚園経営者や先生方のバイブルが必要だと思っていました。

このコラムを書いた後、２００９年3月26日、同書の出版祝賀会がグランドホテル湘南で開催されました。発起人を代表してご挨拶させていただきました。次は要旨です。

「私は小山昭雄先生を平成の安岡正篤と思い、心から尊敬しています。一学園を超え、神奈川を超えて国を思う生き方は、まさに壮士であり、教育者であり、哲学者でもあると思っています。湘南やまゆり学園のすばらしいところと、尊敬する小山昭雄先生のことを、この本は、飾ることなく正直に書いています。読み易く、分り易く書いてくれていますが、誰でも書けるものではありません。著者の斎藤信二さんの筆の力はたいしたものだと思います。改めて、著者の斎藤信二さん、出版おめでとうございます。（第４６５回より）」

（「名人」、第４６０回、２００９年3月15日）

運とツキの法則 ―「志」の一念を積み重ねて呼び込む

月刊誌『致知』(2011年3月号)の特集で「**運とツキの法則**」がありました。私も10数年前から「運とツキ」はあると信じていた一人でしたが、人様に言えるほど整理整頓した法則を持っていたわけではありません。

今回、特集を読んで感じたことを私なりにまとめてみます。

運とかツキとか言うと、何の努力もなしで幸運がやってくるような印象がありますが、いわゆる棚からぼた餅式はないということです。そのことをハッキリと自覚しなければなりません。

日々、仕事なら仕事を、よりよく仕上げたいという気持ちで工夫し、努力し誠意をもってやることです。そうした実践があってはじめて「運とツキ」がやってくるのです。

自分の運命を宿命と解し、どうにもならない定めのように思い込んでしまう人がいますが、「運を高める」には、心を養うこと、心を養うということは学問をすることです。学問をすれば、人相も運もよくなると安岡正篤氏は説いています。

ここでいう学問とは、「発明、発想、発見とこれを発信する創造的能力を磨く」ことと「歴史や人文社会学から学ぶ」ことなどを指し、それらで「**人間力**」を熟成することと私は解釈します。

クレディセゾン(セゾンカード)の社長、林野宏氏は、「**絶対に仕事は好きになった方が勝ちです。与えられた仕事に夢中になれる。それだけで、その人は『運もツキ』もあると思います**」と言っています。

正にその通りです。職業に迷い、仕事に悩んでやる気の無い人に「運とツキ」などがやってくるなどと思うのは論外と私も思います。日比野設計の役員や社員の皆さん、「志」の一念を積み重ねて「運とツキ」を呼び込んでください。

（「運とツキの法則」、千の34回、２０１５年５月10日）

他力本願では運とツキはやってこない

林野宏氏は『誰も教えてくれなかった運とツキの法則』（致知出版社）の著者でもあります。林野氏は西武百貨店に入社後、昭和57年西武クレジットに転籍となります。傘下に緑屋という月賦販売の店があったのですが、その緑屋が事実上倒産しました。

これを再建し、西武クレジットと統合させ、現在有数のカード会社・クレディセゾンに成長させた実力派の名経営者として評価されている人です。「運とツキ」についてこんな文章がありました。

・必ず勝とうとする気持ちが相手よりも強く、情熱が長続きしたところが勝つ。
・運とツキというものは、百パーセント能力を発揮する努力をした人にしか訪れない。
・運とツキに恵まれたければ、自分をごまかさないこと。他力本願では運とツキはやってこない。

いかがでしょうか。古今東西不変の論理だと思います。

（「運とツキの法則」、第９４２回、２０１４年２月16日）

第6章　論語——生き方、経営の教訓を学ぶ

園児たちが朗々と論語を読み上げる幼稚園、保育園があります。園児たちは漢字で書かれた論語を見ただけで、すらすらと読むことができます。

江戸時代、寺子屋では素読と言って論語などを暗誦していました。それが人づくりの基礎になっていたのではと思います。

私も論語を学ぶようになって、生き方の教訓をたくさん学んでいます。

皆さんもぜひ学んでほしいと思います。

孔子の人間学 ― 朋《とも》有り遠方より来る

「子曰く、**学びて時に之を習う**、また説《よろこ》ばしからずや。朋《とも》有り遠方より来る、また楽しからずや。人知らずしていきどおらず、また君子ならずや」

通釈：孔子が言った。学問をして、その学んだところを、復習できる機会を逃さずに、何回も何回も、くり返して復習すると、学んだところのものは、自分の知識として完全に消化され、体得される。これはなんと喜ばしいことか。

知識が豊かになれば、道を同じくする友達が遠方からやってきて、色々と話し合うことになる。これはまたなんと楽しいことか。

いくら勉強しても認めてくれない人がいる。それでも怨まないのが、学徳にすぐれた君子ではないか。

私がこの「論語」の一説に感動したのは、日比野設計の設計活動や勉強会などの集まりに通じるからで、その後、私の「座右の言葉」の一つにしています。

２０１１年『致知』12月号の特集は「孔子の人間学」で、孔子を研究してきた学者や、「論語」を学んで生かしてきた造詣の深い方々が登場しています。

中国文学者の守屋洋氏は、「西の『聖書』、東の『論語』と並び称されるように、『論語』は東洋を代表する世界的な名著として、その地位は揺ぎ無いものである」と述べています。

同時に、「最近ちょっと『論語』ブームと言うこともあるが、名言に触れると同時に、孔子という人についてもっと知ってほしい」とも述べています。なるほど、私の「論語」勉強も序の口ですが、これから学びます。

「孔子が生まれたのは紀元前551年、今、存命なら、2562歳。2500年以上も前に生まれた人の教えをその後の弟子達が集まり、編纂したのが『論語』である。……孔子の身分は、当時、一番上に天子がいて、その下に諸侯、卿、大夫、士。ここまでが支配階級で、その下が庶、一般庶民とのこと、孔子は限りなく下の士で、ほとんど庶に近かった。家庭は貧しく、父母を早く亡くしている。あとは独力で道を開いたとする説が有力」と、守屋洋氏が述べています。

今日の学び　「論語」一題
「子曰く、吾十有五にして学に志す。三十にして立つ。四十にして惑わず。五十にして天命を知る。六十にして耳順う。七十にして心の欲する所に従えども、矩をこえず」

通釈：孔子が言った。私は十五歳で学問に志し、三十歳で、思想も見識も確立した。四十歳で、心の惑いもなくなり、五十歳で、天から与えられた使命を自覚した。六十歳で、何を聞いても耳にさからうことがなくなり、七十歳になると、自分の欲望のままに振舞っても、その行動が道徳からはずれることはなかった。

しかし、現代日本の社会では、若者も、中年も、実年も、老年も……多くの方々は仕事に人生に迷い、悩み続けているのが実情だと思います。

私も七十にしてまだ修行が足りないと痛感しています。それでも、どうでしょうか。この教えをいただき、今の環境でやり続けて、生き抜く、今の課題に集中する。中長期の人生観では「生涯勉強」ぐらいの気持ちでよいと思うのです。

（「孔子の人間学」、第762回、2011年11月8日）

恕《じょ》とチーム力 ― 社会のお役に立つ会社に成長する

2016年1月30日（土）のTBSの「サワコの朝」の登場人物は、昨年（2015年）ノーベル賞を受賞した北里大特別栄誉教授の大村智博士（80）でした。私のコラム第千の63回「すごいですね」で、大村博士のことについて書きましたが、TVに登場しサワコさんが本音を上手に聞き出していましたので、改めて感動したことを書くことにします。

「僕は学生時代スキーに夢中になり、勉強もせずスキーのことばかり考えていました。おかげでスキー選手として、山梨県代表で国体に出場することができました。確かに勉強はしなかったが、その後研究生活に入り、**コツコツやること、粘り強く取り組むこと以外に成果は出ないということを、スポーツで学んだと思っています。**

また、若い頃の研究生活時代毎日毎日夢中になり過ぎて、頭が変になりました。精神科医にゴルフでも息抜きにやりなさいとアドバイスされ、ゴルフを始めてから心身のバランスが良くなりました」

……学術研究とスポーツとは関係なさそうに思いますが、簡単には成果は出ないことは共通点として理解できますが、取り組みを続ける根気があれば成果に近づけるということと、**心身のバランスが良いと成果を引き出すことにつながるという点は、大切な教訓です。**

「ノーベル賞は私だけのものではありません。研究室の全員の成果です。いわばチームの成果です。リーダーは私で、課題や色々な指示を出しますが、実際に研究を実践するのは研究員です。研究員が様々な研究をやり続け、何千というデーターの中に不思議なものがあり、それを発展させたのが成果につながったのです。相手は色々な微生物です」

……ノーベル賞はチーム全員のものとは謙虚な表現ですが、「**ノーベル賞とチーム力**」とは、さすがですね。

「リーダーの資質に欠かせないものと言えば、『**恕**《じょ》』です。研究員一人ひとりへの思いやりが何より大切で、リーダーには研究そのものと併行して、研究員への気配り、目配りをしながら声をかけたり、食事をしたり、疲れていそうだったら早く帰したり、研究員への優しさが大切です」

「恕」については私も過去に何度か書いていますが改めて勉強します。

弟子が問うた。「一言にして終身之を行うべきものありや」と、……孔子曰く、「それ『**恕**』か、己の欲せざる所、人に施すことなかれ、と」

通訳：弟子が尋ねた。たった一言で、一生涯をとおして行動する際に心すべきこと、と言ったら何だろう、と。……孔子が答えて言った。それは「思いやり」と言うことだ。自分が欲しくないものを、他人に与えてはいけない、と言うことだ。(自分の心をとおして、他人の心を思いやることだ)

と。……これが「**忠恕**」という教えにつながるのです。

「忠恕」とは何か。

「『忠』とは（信頼・信・忠実）、つまり『裏切らない』こと。『恕』とは（思いやり）。要するに、『**信用を固く守り**』、『**相手を思いやること**』が『**忠恕**』と言うようです」

……大村博士から学びました。

新年度から創業45年目（2016年）にして、日比野設計も三代目の社長が就任し、同時に40代前後の若い役員も就任する予定です。私は日比野設計の新しい時代を、若くても人間力を磨こうとする面々に託そうと考えました。これらの役員こそ「忠恕」を基本にして全社員をリードし、お客様の「建築」を創造してほしいと思っています。

これからの日比野設計は益々社会のお役に立つ会社であり、さらに豊かで面白い会社に成長してほしいと、期待するところです。

（「恕とチーム力」、第千の76回、2016年1月31日）

文質彬彬《ぶんしつひんぴん》 ― それを活かすは伝播力《でんぱりょく》

「文質彬彬」は孔子の言葉ですが、第788回に書いています。現代ビジネスにおいて、今一度勉強するほどの価値があると思いますので、整理してみます。

「**強靭な志は、堅固な信念を産む。いや、信念が志を育てることもある**」

宮城谷昌光著『草原の風』にある言葉です。三国志よりさかのぼること200年。曹操・劉備・孫権の活躍にもひけを取らない、こんな面白い時代があった。中国歴史上燦然と輝く名君・光武帝が2000年の時を経て蘇らせた宮城谷昌光の筆力は凄いものです。

文中、光武帝の若い頃は、劉秀と言われていた苦学生の時代の一節に、友人と対話する場面があります。

「生活費を稼ぐために良い薬をつくることを考えたが、多くの人々にどのように買っていただくか、そこが大きな問題だ」。「良いものさえ作れば、必ず売れる、というのは妄想にすぎません。作るより、売る方が難しいといえる。作ったものを、広く遠くまで人々に知ってもらうには、そうとうな工夫が要ります。……」。「わかります。文質彬彬ですね」……劉秀は孔子の論語にあることを介して理解した。

「『文質彬彬』とは、文すなわち装飾と質すなわち質朴さが、彬すなわち備わり整っていることをいう。別な見方をすれば、質は原料あるいは材料で、文は加工である。肉や魚そのものが良ければ、それだけでも旨いが、料理をすればさらに旨くなり、しかも多くの人に食べやすい形となる。製品と販売も同じ関係にある」

……孔子は儒教を多くの人々に理解してもらうにはどうすればよいか、と、考えたがゆえに「文質彬彬」という言葉を遺したのである。あえて言えば、孔子はすでに「伝播力《でんぱりょく》」ということを重視していたのである。

3年前のコラムでは次のように書いています。

「これは現代の『生産と販売』など色々な分野に通じると思います。どの企業においても販売は重要なテーマです。『良いものさえ作ればかならず売れるというのは妄想にすぎません』これは、ある意味で真実だと思います。また『良いものを作っていれば黙っていても売れる』という説もあります。『良いものだけれど、意外と売れていない』ことも実は多いのです。……知られていない。知らしめていない。……価格と価値の説明ができていない。

現代でいえば、マーケッティングのことで、広告宣伝、ゼミナール、展示会、ホームページなど色々とありますが、大企業などの『費用対効果』など、新聞やTVなどの広告は目を見張るものがありますが、これでも売れているものと、売れていないものがあるのは事実のようです。

時折出かけるお台場の国際展示場などでは、出展企業は様々なデザインでディスプレイを構成したり、説明員の聴かせる話しぶりには工夫と訓練を重ねていることが解ります。

現代では、車や電化製品など様々な生活用品には、各社の製品に多少の性能や機能と価格に少しの差があったとしても、幅の範囲のことで、売ると買うの領域において絶対的な商品の差があるわけでもないのに、販売量や利益に差が出ているわけで、ここに販売の難しさがあるのですが、2500年も前に孔子がこの領域のことを言い当てていたのです」

建築設計の世界でも同じです。世の中には上手な方々は大勢いるのは事実です。それでも、受注にはムラがあり、忙しいところと暇なところがあるのも事実です。

私達はプロポーザルなどの説明書の創り方や説明会などの資料創り、さらに話し方にも常に工夫が必要だと考えています。要綱の範囲と作成期間などで取り組む各社の案に大きな差はないのですが、採用される案と、されない案に振り分けられるのは、なぜでしょうか？

突き詰めると、「文質彬彬」の差だと思います。商品の提案には「**素材の良さと、加工の良さ、伝える力**」。建築でいえば「立地する周辺を上手に活かし調和させ、内外の機能を満たし、美しく図面に表現し、語る時はメリハリの効いた伝え方をする。などのバランスが大切で、「**順理則裕**」を伝えきるのです。……例えば料理なら、なんでもある大衆食堂の一品ではなく、**ここだけの美しく美味しい専門料理の領域を伝える**のです。

孔子の「文質彬彬《ぶんしつひんぴん》」から学びました。

（「文質彬彬」、第千の39回、２０１５年６月７日）

五悪・五善・五美 ― 人間力を養う

安岡正篤著『一日一言』（致知出版社）からの引用ですが、今回は五美を加えて「五悪・五善・五美」でまとめます。

五悪……盗賊よりも悪質な五つの問題。

①仕事がよく出来ても、心が険しい。

②行いが偏向して、しかも頑固なもの。

③言うことが実は偽で、しかも口が達者なもの。
④くだらぬことばかり覚えて、しかも博識である。
⑤悪勢力側について、しかもよく恩を売るもの。

いずれも世を乱すものである。……考えて見れば、①については、心が険しく棘のある人物はたとえ一時的に仕事が出来ても、長くは社会では受け入れられなく、鼻つまみのことです。②については、社会は多種多様です。信念と力、志で一途に生きることは大切ですが、社会人として調和の中でのことです。③や④などは、お年寄りを騙している現代の振り込め詐欺の面々のようです。⑤は不良仲間が徒党を組む一員になってはいけません。利他の心は恩を売るものではありません。

五善……実に人間味豊かなことである。

①人として常に何が善かを問う。
②親しい仲を問う。
③礼儀を尽くすことを問う。
④政治の要を問う。
⑤艱難を問う。

①は家族に喜んでもらう、友人に喜んでもらう、お客様に喜んでもらう、これみな善行です。②と③は親しい仲にも礼儀あり。④は民主主義社会の一員として。⑤は、つらくて苦しいことの後に楽あり。……常に自問する歩みでありたい。

五美……人は誠にかくありたいものである。

①人を恵んで厭味無く。
②労して怨みず。
③欲して貪らず。
④泰で驕らず。
⑤威あって猛からず。

人間力を養っていけば、朋との交友関係が豊かになり、社内のチーム力も溢れます。お客様に喜んでいただく仕事ができるでしょう。その結果一人ひとりの人生は実りのある楽しく豊かなことになるでしょう。

安岡師は明治31年生まれですが、戦前戦後を通じて国民各層に深い感化を及ぼした国民的教育者であり、偉人です。……勉強になりました。右記のこと、時代が変わろうとも人間の社会では「不易」です。

（「五悪・五善・五美」、第千の25回、2015年3月28日）

第7章　建築は素晴らしい　＆
節目は次に向っての出発点　―　感謝を込めて

世の中には沢山の職業がありますが、私は建築の仕事に就いて本当に良かったと思っています。誇りでもあります。

建築に関わる思いをコラムでもたくさん書いてきましたし、建築を通して益々の社会貢献をしたいと願ってきました。

また、そうした思いを、年頭挨拶や、節目のコラムで「まとめ」のような形で書いてきました。節目というのは一つの区切りですから、何かを決意したり目標を設定したりしていますので、書くことでそれらがより明確になり、自分自身の意識づけにもなりました。勿論、反省を含んでのことです。

本章では、建築に関するコラムを前半に、節目のコラムは後半に紹介しています。

二つの主力部門 ―「幼児の城」と「福祉施設研究所」

弊社では「幼児の城」と「福祉施設研究所」の二つの部門を主力として、取り組んでいます。「小が大に勝つ」戦略として、コンサルタントの福永雅文さんは、「量を増やせば『活動の質』が上がり『接近戦』に強くなる！」と教えてくれています。

これは私も以前からこの主義で、「**二つの分野でのより多くの経験**」が、だんだんと質を高めていくと確信していましたし、社員の活動にも、日々成長していると感じていました。

スポーツでも仕事でも同じです。スポーツでは練習量と試合経験の多い方が、より勝率を高いものにすると、監督やコーチ、選手自身もよく知っている「異口同音」のことです。

建築のジャンルは数々ありますが、人間の生活百般から建築を見渡すと、大変な種別です。建築家の単一な領域では、興味はあったとしても、生涯あれもこれもやれるものではありません。

弊社では二つの部門の活動量を、特化という位置付けで増やしています。この特化という位置付けが、色々な人々の生活の機微を、設計図に反映することができるのです。

会議で女子社員が幼児の身体スケールを発表しましたが、「幼児の城」を担当することに目覚めたのです。「子どもの目線」でというタイトルで発表しましたが、この意識が大切なのです。「子どもの目線」には、子どもの身体スケール（ハード）と子どもの心理（ソフト）があると思います。この二つとユニバーサルデザインのことを具体的にマスターすれば、優れた建築家に成長したと言えるのです。

月刊誌『致知』の教えに、「成人（人と成る）の学びには二つある。徳性を養う『**人間学**』と、知識技能を修得する『**時務学**』である」とあります。

建築を創る者達には、確かに「人間学」と「時務学」の両方を磨いていく必要があります。私も社員達もまだまだです。学ぶ必要があると考えています。

（「おかげさまで　その3」、第387回、2008年9月8日）

関連として、創業40年に際し、思いを新たに書いています。

◎「幼児の城」と「特別養護老人ホーム」

考えてみれば、戦後復興から高度経済成長までの過程では、一級建築士（建築家）は「何でもこい（何でも担当できる）」の時代であったと思いますが、変化の激しい多様な現代社会の要望に応えるには、人間の能力に少しばかり限度があるように私は思います。

多種多様で多岐にわたる領域において、責任を持ってその道を深堀するには、「何でもこい（何でも担当できる）」に無理があるように思いますし、むしろ弊害の方が目立ち始めたと考えたのです。建築士会でもようやく5年ぐらい前から、得意分野を専攻建築士として登録する時代となりました。日比野設計では、これらを先取りするように、10年前から「幼児の城」と「特別養護老人ホーム」を得意とするアピールを始めました。

社員建築士を底上げし、研鑽するには同種の領域をやり続ける（深堀）ことが、顧客満足に通じると確信したのです。

建築は建築主の財産であることを超えて、建築は社会に効用をもたらす役割があると思います。それが「**建築の社会貢献**」であると思います。因みに、科学や技術の研究者も、一つのテーマを持ち続けることが、成果に近づくと伺っています。

日比野設計ではこうした意識で、特化する道を歩みだしたのです。「幼児の城」では２４０園舎、特別養護老人ホームは２２００床を超える実績を担当することができました。日比野設計は営業課がありません。

一つひとつの仕事が次の仕事のステップとなるように、社是の実践をいたします。次のお客様に視察いただき、評価をいただいてから決めていただきます。

子ども達において、お年寄りにおいて、それぞれの立地する地域においてオンリーワンでありたいと、「**思いを込めて**」「**手創り設計**」を進めています。

（「創業40年……その3」、第６６９回、２０１０年11月5日）

岩の上に家を ― 聖書の知恵は見事です

２００９年4月21日は、新しく着工する起工式に出席しました。昨年から設計を進めてきました「社会福祉法人新生会・ひかりの子保育園」です。園長の工藤せつ子先生が、キリスト教精神で長年子ども達と生活を共にし、地域の保育活動拠点として、なくてはならない保育園として評価をいただいてきました。

旧園舎は老朽化により、町田市や国から助成を受けられることになり、建て替えを決断されたのです。これから11月末の完成を目指します。

式典は日本キリスト教団原町田教会・菊池牧師により執り行われました。牧師さんの話は聖書の一説を語ってくれました。

「賢い者は岩の上に家を建て、愚かな者は砂の上に家を建てる。大雨や地震では、いずれが強いか明白である。建築は基礎工事がいかに大切であるかと言うことです」

歴史のある聖書に、現代では当然ということが書かれていることに、その知恵の深さに感銘を受けました。聖書ですから大昔のことで、ヨーロッパの話です。道具の無い時代で削岩機など当然ありません。岩の上は丈夫であることは分かっていたとしても、岩を削り水害のない高台に家を建てるのは、至難であったはずです。

反面、**砂の上は鍬一本で楽々仕事ができるのです。誰でもが楽な方で仕事をしたくなるのは当然かもしれませんが、これを戒めているのです。聖書の知恵は見事だと思います。**

「日本においても何百年の名建築として、奈良や京都の古建築が実証しているのは、地盤の選定と合わせて基礎を確り固めているからです」

と牧師さんが宮大工の話を引用されました。私も当時の宮大工と言われた工匠の優れた「見識と技」を、歴史書で学んだことがあります。

現代でも新潟地震など、各地の地震では、地盤の液状化現象で、大きな被害をもたらしたという記録があります。軟弱地盤は建築地として不利であることはその通りですが、そうした場合は、充分に地質調査の上、確実な基礎設計をいたします。

聖書の教えはもう一つあるのではないかと思います。いや、こちらの方が主とした教えかも知れません。

「人間の生活は楽な方だけでは成り立ちません。若い頃から確りと土台をつくることを心がけることが大切だ」

先日のコラム、第４７４回の後半に「苦労は買ってでもやれ」という先達の話を書きました。聖書に通じる話です。起工式で学ぶことができました。

これからの「ひかりの子保育園」の工事では、完成まで、各工程の手を抜かず、品質確保のために、社員共々、工務店の皆様、大勢の職人さんたちと「心と力」を合わせて取り組むことを、お約束いたします。

（「岩の上に家を」、第４７７回、２００９年4月23日）

他喜力 ―「顧客と感動を共有する」

新聞の切抜きで、２０１０年1月24日（日）付読売新聞で、他喜力の記事を見つけました。初めて知る言葉です。メンタルトレーナー・西田文郎さんの造語のようです。

西田さんは、独自でメンタルトレーナーという分野を開発し、ビジネス、スポーツなど様々な分野で成功者を輩出してきました。著書に『その気の法則』（ダイヤモンド社）などがあり、真の成功とは何かについて書いているようです。

何より有名になったのは、北京オリンピックで優勝した女子ソフトボール日本チームの選手にメンタルトレーニングを指導したことです。

「究極の成功」— 生きて喜ばれ、死んでも惜しまれる

西田さんは、「究極の成功」とは、生きて喜ばれ、死んでも惜しまれる。これこそが人間の成功だと言われてきたけれども、現代では感謝の心を忘れ、攻めて勝つことだけを考える経営者が増えてしまっている。幸せには、①自分の欲求を満たす「自我欲求」と②自分以外の幸せの二つがあり、②のことを「他喜力」と言って、これが大切だと強調しています。

「自我欲求」は満たされた時点で燃え尽きてしまうのに対し、自分以外の幸せならば、他者と共有できるので無限大の幸せを感じることができるからだと言うのです。

全く同感です。「他者と共有できる幸せ」のことを、私達は「顧客と感動を共有する」と表現し、私の47年の職業歴における建築設計の目標であると、これまでのコラムでも同じ意味のことを書いています。

西田さんは「究極の成功」と表現しましたが、西田さんもドラッカー博士も、日本人も外国人も、私達の建築設計も、目標は同じです。

昔から伝えられている商道と言いますか、商人の心意気、「**売り手良し、買い手良し、そして世間**

様も良しとする三方良しの理念」も同じではないでしょうか。

我社の他喜力 ― 「この人のために頑張る」

何のための設計なのか、誰のための設計なのか、と問われれば、ビジネスとしては当然のこと契約者であるオーナーであるわけですが、「顧客満足」とは、オーナーを含めて建築を利用する全ての方々を意味しています。

例えば、「幼児の城」であるならば、そこで生活する子ども達であり、そこで働く保育士・教職員のためであるわけですし、同時に子どもを預ける保護者の安心感を引き出すものでなければなりません。

こうした多くの方々が喜ぶことを目標として推進する力のことを「他喜力」という訳で、これこそ建築家・建築士の備えなければならない力だと思います。この論法で言えば、「特別養護老人ホーム」の設計手法も同じです。入居するお年寄りのために、働く介護士のために、それぞれのご家族のためにあるということです。

西田さんのまとめとして、「そのモチベーションとなるのは、『**この人のために頑張る**』という自己犠牲力。夢や目標を達成し、誰を喜ばせたいかを考えることが大切です」と言うわけですが、私達建築家・建築士の目標とその学びは同じだと思います。

（「他喜力」、第６１１回、２０１０年5月8日）

コミュニティ・アーキテクト

第116回のコラムで「コンパクトシティ」のことを書いていますが、すでに3年半が経過しています。当時、JIA（日本建築家協会）の講習会があり、講師として工学院大学の倉田直道先生が、右記のテーマで大変熱心に語られたことに感動しまして、要約を書いたのです。

私も地方都市に住み、仕事場を置いて45年間、いくつかのJRや私鉄ターミナル周辺の隆盛とその後の客離れ衰退など、建築の老朽化と共に変貌してきたことは多くの方々と共に見てきた光景です。また、仕事で他の地方都市に出かけますが、ターミナル周辺のシャッター商店街など、同じ現象が全国的に共通して起きているのです。倉田先生のお話しでは「アメリカの地方都市も同じ様なことが日本より先に起きている」とのことでした。

かっての昭和40年代では、大規模店舗法などで、ターミナル周辺では、商店街の客を奪い、商店主の生活を脅かすとのことで、出店が大変困難であることから、郊外に大規模なショピングセンターを建設し、マイカー時代と共に、客を郊外に誘導したのです。外食産業も同じく街道沿いに競うように出店しました。

これに呼応したわけでもないと思いますが、行政サービスの拠点を土地買収で大きな面積をまとめ易い郊外に建設したのです。例えば、市役所、市民会館、市民病院、市民体育館、市立図書館、市立美術館……など、それぞれの行政サービスにつながりのない郊外に分散配置されたのです。

このように書いただけでも、マイカー時代と言えども、市民生活が不便になっていることと、市民の動きが分散し過ぎたことが解って頂けると思います。ターミナル周辺の商店には足が向かなくなり、シャッター商店街となった原因の一つであることもお解かりだと思います。

高齢時代となり、特にお年寄りの行動が鈍くなっています。車を運転はしないが、まだまだ自力で歩きたいお年寄りが不便を感じているのです。

例えば、市役所に行き、病院に寄り、ついでに銀行。美術館で絵を観たり、図書館で本を借りて、商店街で買い物をして帰宅する。今、こうした生活ができることはまったくの夢物語。これを徒歩圏内で可能にすることが「コンパクトシティ」なのです。

先月の神奈川県建築士会の総会で、横浜市の建築局長が来賓として挨拶されました。内容は「これからの時代は市民に利便なターミナル周辺を整備することだ」と述べました。これは市民派の昨年当選された新市長と協議をされた方向だと思います。私も中長期のビジョンを持って整備を続けることには賛成です。

大規模店舗と商店街の共存共栄や、売りに出た用地を行政が買い取り、行政のサービス拠点を建設したり、ポケットパークを分散配置するなど、これから超高齢社会になってもお年寄りが歩きまわれる街の実現に賛成です。

そうした街に保育園などの子ども施設、お年寄りのグループホーム、障害者施設なども共存する明るく楽しい人間中心の街のイメージが「コンパクトシティ」です。

「コンパクトシティ」の実現には多くの技術者の参加が必要です。都市環境技術者（土木家）や建築家の役割が重要です。

中でもこうした役割を担う建築家を表題の「コミュニティ・アーキテクト」とする呼称の定着と、それを位置づける意識と行動が必要となる時代が近いのです。

私も日比野設計の社員達も、「保育園や子ども施設、お年寄りのグループホームや特別養護老人ホーム、障害者の生活と授産施設」を担当する「コミュニティ・アーキテクト」として、今後も充実した活動を続けます。


（「コミュニティ・アーキテクト」、第625回、2010年6月15日）

「いいものをつくるには、いいものをみろ」

ホンダの創業者・本田宗一郎さんの語録の一つに、「いいものをつくるには、いいものをみろ」という言葉があります。

自動車のデザインをするには、「世界の他社の多くの自動車を視て分析せよ！」というのは当然です。担当する専門職は、これぐらいのことは、上司から言われなくてもわかっているはずです。

実は、「いいものをつくるには、いいものをみろ」という言葉の奥には、深い意味があると私は思っています。それで社員には時々話をしているのですが、若い社員の方々が踏み込んで考えてくれたでしょうか。

私が本田さんの心を代弁して、私の感じているところを書いてみることにします。

「人間社会全てに、デザインのヒントがある。色々な工業デザイン、陶芸、生活用品などのデザイン、例えば、ナイフやフォークなどの食器、花瓶や壷などいたるところに『いいもの』がある。自動車は人々の憧れの商品であり、同時に日常の大切な生活道具である。言い換えれば、所有しているその人のステイタスであり、同時に、充分な機能性が備わっていなければならない」というものです。これはあくまで私が代弁（意識）したことです。

これを建築に言い換えてみます。

私達若い頃は、デザイン系の教授から「建築は雑学だ、人々の生活百般をよく観察することだ」と教わりました。確かに、建築は老若男女色々な人々に使っていただくのですから、その通りです。さらに、海、山川草木など、動植物から形や色彩のヒントをいただくケースもあります。

コラム、第839回で書きましたが、「**どこからでも学ぶ、何からでも学ぶ**」に通じます。私の経験からしても、要は「よいものをみて感じる」、感受性豊かな人が、よいデザインを創造しています。

（「おかげさまで」、第843回、2012年12月13日）

秋本番と近代建築 ― 辰野金吾の志、出会いを生かす

いよいよ11月1日、秋本番です。現代では、壁面緑化が夏の断熱効果と涼しさ、CO_2削減のためなどに、推奨されていまして私も大いに賛成です。

建築と緑化については壁面緑化に拘わらず、建築周辺の植樹は建築をより美しく、深みのあるものにすると確信します。温暖化対策としての緑化もありますが、私は建築を美しくする緑、人間の心を和らげる緑という視点で、緑化を推進したいと考えています。

時折、外壁を緑色に塗装した建築に出合いますが、私は本物の木々や草花の方が建築とのバランスも良く美しいと思っています。「融合とか対比」に美しさがあるのです。

さらに建築の外壁色について、周辺、町並み、建築の用途などを複合した中で、少し色について専門的に説明します。

明度：明るすぎないか。……過去に著名な建築家の作品で太陽が反射して眩しいとのことで、周辺の方々とトラブルになった事例があります。

彩度：鮮やかな色はそれなりに魅力的ですが、色が持っているボリュームというのがあります。……過去に都下の住宅地で、漫画家の家が鮮やか過ぎるとして、住民と訴訟になった事例があります。

色相：赤↓橙↓黄↓緑↓青の基本5色から12色の色相表に発展していく色のシステムですが、要は暖色か寒色などから受ける心理も大切です。

これらの明度、彩度、色相の三つの基本（三属性）に、白から黒にいたる無彩色、これに色味を加えた有彩色などです。

作品としての建築、町並みに建つ建築としての色合いの提案は、市民の方々が自然に美しいと馴染んでいただけるところにあると私は考えます。建築家や住み手の強すぎる提案はいかがかと思います。

「東京駅丸の内駅舎」復原

東京駅：2012年10月1日は、「東京駅丸の内駅舎」が、約100年前の創建時の姿に復原されて開業した記念すべき日です。

新たな観光スポットとして人気を集めており、強力な集客効果が駅周辺にも広がっているとのこと、すごいですね。歴史上の名建築、世界最高レベルの復原と改造に、人々を感動させる力があることを改めて知りました。

私は工事中から、東京駅という大機能を止めずに、営業をしながらやり抜くとは、至難の工事だと思っていました。内外装の改造だけではなく、基礎の下の昔の松杭を抜き取り、新たな杭を挿入し免震装置まで設置したとのこと、どのような手順で工事をしたのか、大変な難工事だったものと思います。私も建築の専門家の一人として、日本の建設業の施工技術は、世界最高レベルと言っても過言ではないと確信します。

さて、この際ですから、近代建築の勉強をしておきます。

「東京駅は大正3（1914）年12月、東京大学建築学科の前身、工部大学校造家学科の第1期卒業生、辰野金吾（1854～1919年）の設計で完成した。同じく日本銀行本店などが作品として現存している。

当時の文明開化期は、薩摩、長州、土佐などの出身者が幅をきかせていた。辰野は佐幕派の唐津藩（佐賀県唐津市）の出身で、足軽に近い下級武士の次男だった。工部大学校で学べたのは、のちに蔵相、首相になった高橋是清（1854〜1936年）との出会いが大きい。是清は明治4年に唐津藩が設立した英語学校の教師として赴任、辰野らを教えた。この学校はその後財政難で閉鎖されたので、是清は東京に戻った。向学心に燃えた辰野はすぐにも是清の後を追いたかったが、旅費が工面できない。翌年秋、瀬戸内海を船で神戸まで渡り、東海道を徒歩で12日かかって歩き通した。縁故を持たない辰野は努力するしかなかった。工部大学校には2度目の挑戦でようやく合格した。入学後、苦学であっても昼夜努力した。恩師の「お雇い外国人」ジョサイア・コンドルに認められ、首席で卒業できた。辰野のような下級武士が近代日本を創り上げた」と資料には書いてあります。

私の感動は二つあります。

一つは、この「東京駅丸の内駅舎」復原工事は、昔の「親方日の丸」の国鉄ではできなかったのではないか、「国内外の人々に喜んでもらえる歴史と先進性の融合した魅力ある大事業」を、なし得なかったと考えます。国鉄が民営化され株式会社のJRとなり、利益を積み重ね、未来への投資を経営陣が強い決意で経営決断したから出来たと私は考えます。民営化の成功による付加価値が「形」となって誕生したことに感動しています。

二つは、人との出会いによって人生を大きくし充実させた、辰野の生き様です。辰野が仕事を担当できたのは、一途、一心、一貫して建築を学び人物を確立した。これを高橋是清が確認できたから応援してくれたのでしょう。技術やデザインはコンドルの教えがあったからでしょう。資料も実例も少ないこの時代にこれだけの建築を担当したのです。建築家として見事だったと感動しています。

現代でも、人の社会は同じだと考えます。人と人の出会い、師と仰げる人との出会い、仕事をさせていただけるオーナーとの出会いなど、様々な出会いが、歴史の一コマを創るのです。これからも人と人とのお付き合いを、最も大切にすることが何より重要です。

（「秋本番と近代建築」、第８３１回、２０１２年11月１日）

生き方 ― あなた方の天役は建築設計ですよ！

月刊誌『致知』３月号の特集は「生き方」です。編集長のコラムに、我が社の社員や世間の若い方々に伝えたいことがありました。それは、佐藤一斎の『言志録《げんしろく》』にある言葉です。

「天はなぜ自分をこの世に生み出し、何の用をさせようとするのか」と問いかけています。

この命題は、私も常々考えていることです。この世に誕生したからには、何か自分にも役割があると思うからです。ここで大事なのは、その役割が何であるかはわからなくても、その役割を果たすための努力はできるということです。

役割がわからないから、何もしない人は、永遠に自分の役割は見つからないでしょう。

編集長は、『致知』で登場した先達に思いを馳せてみたら、三つの資質が浮かび上がったと言います。

一つは、与えられた環境の中で不平不満を言わず、最善の努力をしている。

二つは、「他責」の人ではなく、「自責」の人、である。

三つは、燃える情熱を持っている。

だそうです。

「自責」のところで編集長は、幸田露伴の『努力論』（P132参照）の中にある言葉を取り上げています。「大きな成功を遂げた人は失敗を自分のせいにし、失敗者は失敗を人や運命のせいにする、その態度の差は人生の大きな差となって現れてくる」と。凄い指摘ですね。

また、燃える情熱のところでは、当時86歳だった明治の実業家・浅野総一郎氏の言葉を取り上げています。「世の中は一生勉強してゆく教場であって、……歳を取るのは勉強の功を積むことに外ならない。毎日毎日が眞剣勝負。真剣勝負の心構えでいる人にして初めて、毎日のように新しいことを教えてもらえる。……この人生の教場を卒業するのは百歳と腹に決めている」これまた、覚悟の決った生き方ですね。

誰にでも両親があり、色々な育ち方があったのは当然です。「天はなぜ自分をこの世に生み出し、何の用をさせようとするのか」、ここが大事でありすごいと思うところです。

親の愛情により生んでくれたわけですが、親もまた天の命を受けていたわけで、この世に命をいただいたのは、親共々天の使命を受けていたわけで、これを心に抱くとすれば、うかうか、いい加減な生き方はできないのです。

子がこのように思い前向きに生きるとすれば、子の親はどれだけうれしいか。社員の多くがこのような意識を持てば、この会社の充実度は素晴らしいものと思います。素晴らしい社会貢献を果たす企業であると思います。「生き方」とは人間学が基本ではないか……。

一つひとつの成果は小さくても、笑顔で積み重ねていく、日比野設計はそうした設計事務所でありたいものと思っています。日比野設計の社員の皆さん！　あなた方の天役は建築設計ですよ！　自信を持って「一途・一心・一貫」に邁進しなさい！

（「生き方」、第854回、2013年2月7日）

禅と建築 ― スリムに贅肉をそぎ落とす

平成26年3月4日（火）、浜銀総合研究所月例講演会が開催されました。私も社の安藤共々聴講いたしました。講師は、枡野俊明氏・曹洞宗徳雄山建功寺住職であり、多摩美術大学環境デザイン学科の教授でありながら、庭園デザイナーとしても活躍されています。

題は「指揮官としての心のあり方」です。

寺の知識として、曹洞宗では、福井県にあります大本山永平寺と、横浜市鶴見区にあります大本山總持寺《そうじじ》が両本山です。枡野住職は小学生の頃から曹洞宗という寺・禅の庭などの環境で育ったようで、大学卒業後、大本山總持寺で修行したとのこと。

講演の最初に枡野住職は、皆さん「こんにちは！」と大きな声で挨拶をしました。会場の皆さんが、小さな声でバラバラに返礼したので、座禅で言う「喝」です。皆さん声が小さいです。ビジネスマンの皆さんが、お客様との商談の前で、小さな声で気弱な挨拶では商談もまとまるものもまとまりません。大きな声でキチッと挨拶すればお客様もそのように気持ちよく挨拶を受けてくれます。商談はスムーズに進むでしょう。

……ここで学びの一つです。社員の皆さん、私たちの職業は常にお客様と接します。気持ちよく声を出して挨拶することを心掛けましょう。

今、経済界では「禅」について関心が高いようです。「禅」は国際語になっているようです。あのアップル創業者スティーブ・ジョブズさんが、ものを開発しようと考える前は「禅」モードに入っていたというエピソードがあるようです。

700年前、唐の時代の高僧である禅師が「一日為さざるは、一日喰らわず」と言って実行したようです。この時代には高僧と言えども農耕で自給自足したようで、一日休んだ日は何もいただかなかったと言う話ですが、自己に厳しいという例えです。

最近は物が豊かになっても心に実感がない。物に対する執着スパイラルです。「満足を知らない人は、苦労を重ねる」「小欲の人は心安らかで、苦労というものを知らない」……「足るを知る」ことが大切です。うむ～なるほど。

想えば、平成24年12月7日（金）に会社の忘年会を開催しました。その前に恒例になっていることは達人の話を聴くことです。この時の講演は相模原市の浄土真宗　東本願寺派　富鶴山　本弘寺住職の高島宣明氏でした。

色々な人生訓の中に、ためになる話が沢山あり感動したことを憶えています。そのまとめが、人間には大切な三つの基本があるというのです。

「恥を知る」
「恩を知る」
「足るを知る」の三つでした。

なるほど、宗派は違っても、「足るを知る」との共通の大切な教えがあることでした。

枡野住職による、スティーブ・ジョブズさんの話に戻ります。アイパッドやアイフォンは多くの機能を重ねてスリムに、さらにスリムにしてまとめ製品としたのです。このあたりのことについて、枡野講師は日本の電子メーカーが敗れた原因と指摘したのです。**「何事も贅肉をそぎ落として」**、スリムにすることだ。

「禅の庭」は水を一切使わない「枯山水」と呼ばれる庭園で、「龍安寺の石庭」こそ、その代表とも言える庭園です。その庭園は極限までそぎ落とされ、その空間にはおのずと厳しさが漂い、緊張感が伴うものであります。そして計り知れない静けさが存在します。……ここまでが枡野住職の話の要約ですが、まとめれば下記のようになります。

指揮官として大切なこと……禅の心……立腰……呼吸法

1、**指揮官は自立、自律で自己に厳しく。沈着冷静に判断できる環境を日頃より創る。**

2、**指揮官は「足るを知る」。むやみに欲張らない。**

3、**何事も贅肉をそぎ落とすこと。特に製品開発においてはスリムに。**

建築設計の担当者へ：「禅」の話を聴き感動しました。これは建築設計を進めることに共通するのです。「心のありよう」で、ものがみえるかどうかに差が出るのです。「禅」の究極は「スリムにスリムに贅肉をそぎ落とすこと」です。

建築も同じで、秀作とは、そぎ落とし作業の上で誕生した美しい建築のことです。過剰なお飾りは特に戒めなければなりません。「禅」から建築を学びました。

（「禅と建築」、第948回、2014年3月6日）

縁 ― 高齢者の増加と施設の問題

2010年9月20日（月）の「敬老の日」に合わせて、総務省は日本の高齢者人口（9月15日現在の推計）を発表しました。「65歳以上の高齢者は前年比46万人増の2944万人、総人口に占める割合は同0.4ポイント増23・1%となり、いずれも過去最高を更新した。同時に、国内の最高齢者は佐賀県の長谷川チヨノさんの113歳（読売新聞2010年9月20日）」

高齢者の増加率を見てこのペースが毎年続くとすれば、「化」を取ってまさしく高齢社会なのです。すでに私も69歳（2010年）で、2944万人の中の一人ですが、おかげさまで、健康で充実した日を送っています。

何よりうれしいのは、昭和47年に創立した建築事務所が創立39周年、35名の陣容で、忙しく仕事をさせていただいています。これ全て、多くのお客様との出会いによる「**ご縁**」のおかげです。

建築設計という職業からどのように社会のお役にたてるのかと考え、自問自答。社会には快適な「**終の棲家**」が必要だと思い、特別養護老人ホームを手がける仕事のセクションを作りました。これまで実績を重ね二千床を超えるお手伝いができました。

これまでの経過として、国はゴールドプランから新ゴールドプランに移行し、さらに個人を尊重する個室化を打ち出しました。しかしこの10年、全国で相当なホーム数を建設されましたが、まだ42万人が入居したくても入居できない待機するお年寄りがいるのが現状です。

これだけ待機するお年寄りが多くては、全国の自治体から同じ投資額なら相部屋を増やすホームにしてほしいと、供給優先を要望する意見が多くなるのは当然です。

「足りないから質を落として数を増やすのはいかがなものか」「お年寄りの寿命からして、そんなに待てるわけが無い、まずは入居が優先」など、賛否両論の時代がこの2年ほど続きましたが、国は相部屋と個室の併営を容認する方向になってきました。併営には入居者やご家族に選択の幅ができ、良いことですが、反面、お年寄りの貧富の差が出てしまう問題もあるのです。

「ホームに入居、『終の棲家』に入居しようとしてまで、個室に入居したいが、月々払う経費が高くてやむなく相部屋にするなど、残り少ない寿命に格差を感じるのはいかがなものか」とする意見も多数あるのです。同時に、「個室は寂しくてたまらない。誰か側にいてくれたり、話し相手になってくれた方が楽しい」という相部屋を望むお年寄りの声も少数ですがあるのです。

現状では、入居するお年寄りやご家族の選択が出来る、個室と相部屋の併営が良いのかなと私は思います。お年寄りがホームに入居後「入居者と職員、入居者間の良いご縁」を得て、ホームの生活を楽しんでほしいと願っています。

（「縁」、第６５６回、２０１０年9月23日）

疾風《しっぷう》にして勁草《けいそう》を知る ― 有事にして建築の強さを知る

コラム、第千の39回で「文質彬彬」のことを書きましたが、表題の「**疾風にして勁草を知る**」はやはり『草原の風』の文中にある中国の故事です。まずは「文質彬彬」ですが、改めて現代ビジネスの要諦であると言えると思いますし、ドラッカー博士も賛同してくれるものと私は思います。ぜひ今一度、第千の39回を読んでください（第6章に掲載）。

ここまで申し上げるためには、自分にも確信が必要ですから、10日ほど前から『草原の風』上・中・下三巻、中央公論社刊を書棚から取り出し再読しました。この物語は、4～5年前に読売新聞に長く連載され、多くの読者から支持を得たと聞いています。

物語の主人公は、古代中国の後漢王朝（25～220年）を拓いた劉秀・光武帝。幾多の苦難に見舞われた名君の軌跡を、中国歴史小説というジャンルを切り拓いた著者・宮城谷昌光氏が、「いつかは書きたい」と30年以上前から構想を温めてきたと、当時のインタビューに答えていたことを記憶しています。

今「草原に風が吹いている」と書き、その風は天が吹かせているように思われるが、もしかすると草が風を起こしているのかもしれない。草とは誰か……？　劉秀はこのように考える男。平凡に見えて非凡な名君。空前絶後、一人の若者が寛容性と包容力を持った皇帝に登りつめる壮大な物語に驚嘆です。

風と言えば、ある時、劉秀の周りから人々が去った時、『疾風にして勁草を知る』と語ったのです。通訳：**疾風が吹いて、初めてどの草が勁《つよい》かがわかります。**この名言は、**困難に遭遇してはじめて人の価値が解るという趣にあふれた意味**なのです。

このことについて、去る６月８日（月）の朝会議で「文質彬彬《ぶんしつひんぴん》」の流れでさわりを説明しておきました。これは現代日本でも企業の経営陣や、スポーツの指導者がよく引用する故事なのです。物語では戦いにおいて、武将や兵士が味方になったり敵になったり、集合離散を繰り返しながら、勢力がはっきりしてくるわけですが、日和見的な武将や兵士は、困難な局面で逃げる者が出てきます。頭領と困難を共に乗り切る武将や兵士こそ真の味方と観るのは日本の古今でも同じです。真のブレーンは艱難辛苦を共に乗り越えた者であると観るのは、これも現代の会社経営にも通じます。

この教訓を建築に置き換えた物の世界でも言えると思います。建築設計では、全国に優秀な設計者が沢山いて、日々設計活動に邁進していると思います。それぞれ法を順守して取り組んでいるわけですが、いざ、Ｍ８クラスの大地震や大火災が起きた時、どの建築も法に基づき許認可を受けた合法建築ですが、残る建築とそうではない建築、命を守った建築と守れなかった建築に分かれるような気がします。やはり、特にバランスの良い平面計画と、各部位が無理無駄の無い設計、常に骨太を意識し、有事の際には減災でありたいと取り組んだ設計が、工事監理においても、あいまいさを戒め、各工程を確実に見届ける建築は、その時強いと言えるのではないでしょうか。「疾風にして勁草を知る」とは「有事（大地震・台風・火災）にして建築の強さを知る」に、常に置き換えて業務を進めたいものと考えます。

主人公の劉秀は皇帝になっても、前述のような精神で周りの武将を配置し固めたが、女性に対しても意識の筋が通っていたと文中にありました。**「貧賤《ひんせん》の交わりは忘れるべからず、糟糠《そうこう》の妻は堂より下さず」**と。

通訳：**貧しく苦しい時代に共に働いた朋を忘れてはならない。同じく貧しい時代に、粗食を共にして苦労した妻を正室から追放してはならない。**……中国古代でも皇帝になれば側室を何人も置くとか、日本の武将達も同じでしたが、劉秀こと光武帝は糟糠の妻を大切にした。

……誰でも若い時代は貧乏で苦しい時代があったと思います。また創業時代の仲間を大切にするのも人の道です。

また、現代日本では男女同権、男女共同参画など、女性を大切にするのは当然になりましたが、古の時代にこうした節度ある意識はやはり立派だったと思います。

（「疾風にして勁草を知る」、第千の41回、２０１５年6月14日）

疑うがゆえに ― 鬼手仏心を信条として

「疑うがゆえに知り、知るがゆえに疑う」……第２１７回で書きました。物理学者であり作家でもある寺田寅彦さんの言葉です。

寺田さんは明治11年生まれで同36年に東京帝国大学を卒業した理学博士で、大正時代には母校の教授に就任した明治維新後の有名な物理学者ですが、夏目漱石と親交が深く、科学的見地を盛り込んだ随筆を数多く残していると、当時、07年8月17日付の産経新聞「きょうの言葉」に掲載されていたのです。

さて、「疑うがゆえに知り、知るがゆえに疑う」の言葉は、寺田博士の随筆『知と疑い』の中にあるようですが、詳しくは「**疑いは知の基である。よく疑う者はよく知る人である**」……これは凄い！研究者だけではなく、あらゆる職業に従事する者の要諦ではないか。

7年前に私はこの寺田博士の言葉を引用し、「これは科学技術の分野では、時代が変わっても変わらぬ大切な教訓だと思います。建築を40年超えてやってきましたが、技術の仕事はまさにこの通りで、疑いを持ってこそ、確実な仕事に近づくのです。『あれは大丈夫か』『この現象はどういうことか』『これは上手くいくのか』など、あえて言い換えれば『疑いは知の基』であり『疑いは成功の基』と言っても過言ではないと思います」と書いています。……この言葉は、現代でも次代でも「不易」であると確信します。

さらに続きます。「新しい技術や新建材を採用する場合も、担当者はどこまで調べたか、新技術（新建材）はどういう目的で誕生したのか、どういう利点があるのか、利点があるとすれば、従来のものとどこがどのように違うのか、あえて弱点があるとすれば何か、施工性は、職人さんの取り組みは、そしてコストに見合う価値があるのか」など、疑ってほしいし、知ってほしいのです。

「現場でも疑ってください。施工者や現場責任者、職人さんを信用することが前提であり、信頼が基本です。その上で、手順がセオリー通りか、現場の現象について、指差し視認、触覚、打音、垂直、水平、検尺……など、疑って確認することで、法令順守や安全・安心があるのです」……7年前に書いたことですが、これも現代でも次代でも「不易」です。

この日のまとめとして「鬼手仏心を信条として」という先達の言葉も引用しています。これは打つ手は厳しいが、心は優しく仏である。という意味ですが、まさに設計監理者の規範であること、これこそ現代でも次代でも「不易」です。


（「疑うがゆえに……」、第千の2回、2014年12月7日）

嗚呼・宮古島……感じる園舎 ― 風を感じ「成長する園舎」

2015年4月22日、飛行機は羽田よりエンジン全開で飛び立った。

想えば4年前、沖縄県宮古島市の学校法人花園学園の新城久恵園長が当社にご来社くださったのは、関東の幾つかの弊社の実績園舎を視察くださったあとでした。新城園長が園舎建て替えにあたり、設計事務所を調査している段階でした。新城園長の幼児教育や保育への思い入れ、明るく朗らかな人柄は人々を魅了しますし、私も魅せられた一人で、こういう方と共に園舎を協働創造したいと希望を抱きました。

おかげさまで、弊社が園舎の設計者として選ばれました。建て替えに当たり、宮古島市では初めての「幼・保連携型認定こども園」として設計を進め、昨年6月に着工したのです。

宮古空港に到着したのは、直行便で3時間、曇天ではありましたが気温は18度ほどで凌ぎ易く快適です。11時から竣工式が始まるのですが、園に到着したのが10時40分。すでに園舎内は参会者と園児たちで明るく賑やかです。

新城園長の心温まる前向きなご挨拶に感動しました。

「……終戦直後にお寺の境内で始めから70年、学校法人として31年。これまでは幼稚園でありましたが、多様化する社会で、子ども達を取り巻く家庭や社会の生活環境も必ずしも平穏なものではない作今、当『はなぞのこどもえん』は子ども達に癒しと安らぎの中で夢を描かせる場所にしたい。0歳児から5歳児までの保育園児60名、3歳児から5歳児までの幼稚園児60名、計120名が一体となった時間をすごすことになるのです。……当園建設のコンセプト『感じる園舎』という空間で、『環境を通して行う教育・保育を明るく・強く・慈愛の心』に基づき、園児たちの健やかな成長を目指したいと考えております。……」

すばらしいご挨拶でした。その後、手作りの心のこもった感謝状が、関係会社や各社の担当者にまでご配慮いただき、誠に感激の至りです。改めまして、ありがとうございました。また、工事関係者や大勢の職人さん達が誠心誠意で取り組んでくれましたこと、設計者としてお礼と感謝を申し上げます。

もう一つの感動と言えば、式典後に男女それぞれの子ども達が元気いっぱいの踊りを発表してくれました。子ども達の踊る背景は建具を全面開放し園庭の緑がシースルーに眺望できるのです。自然の中に溶け込んで踊っている子ども達であると、参会者は観たと思いますし、爽やかな風が抜けるのを参会者は合わせて感じたことと思います。

コンセプトである「感じる園舎」とは、私は第一に風を感じてほしいと思っていました。この園舎は「風の道」がテーマでもありました。子ども達が園舎の中で「風を感じる」日常であれば、強い子に成長するでしょう。

「0~2歳児は空調が必要となる日々もあるでしょうが、3~5歳児は夏でも空調無しで過ごせることができれば、丈夫に育つでしょう」とは、新城園長の弁。「風の道」の園舎で「風を感じて」ほしいのです。

第二の「感じる園舎」とは、子ども達には保育士や教員の優しさを感じてほしいし、保護者には職員の優しさと責任、その姿勢を感じてほしいのです。この園舎において「子ども達+職員+保護者」の生活から、相互に豊かに感じ合うことを願っています。

第三の「感じる園舎」とは、食育です。開放的な食事室を設定し、見える厨房により、一生懸命に子ども達のために、料理のおばさん、おじさんが食事を作っているのが、どこからでも見えるのです。だんだんと子ども達に食欲が湧いてくる仕掛けです。最近一か月の米の消費が、昨年同月比で15%も増えたそうです。……うれしいですね。

人々に使い込まれてこそ、箱物から真の園舎に成長していくのです。言わば、「感じる園舎」は、子ども達と職員の皆様、保護者の皆様それぞれの、「成長する園舎」であってほしいと願っています。

(「嗚呼・宮古島……感じる園舎」、第千の32回、2015年4月25日)

面白おかしな仲間の集まる職場でありたい

さて、表題の「面白きこと」ですが、コラム、第８５９回で書いています。第千の56回の「渾身満力」では建築設計者として何が大事かということを書きました。

腕がいい・すなわちデザインをさせても一流であり、技術的にもレベルに達している。……しかしなあ……人間がねえ……鼻つまみなんだ……チームの一員として協調性が無いし、お客様の前でも今一つ信頼されない……現場に出ると工務店の方々とギクシャクする。

ドラマの人物のようですが、昔はどこの会社にもこうした特異な人はいたものです。私の勤めていた若い頃も周りにいましたよ。私は現代における建築の設計行為は、規模的にも、予算的にも、工期的にも、デザイン、技術、法令、工法の選択、構造、設備など複雑多岐にわたりますし、建築は一人ではできないと信じています。

お客様と協働設計をする信頼関係、チーフとスタッフの信頼関係、工務店の皆様との品質を維持する信頼関係など、それぞれの協調の中から良い建築が創られると信じています。

内外の作業の中で、仕事をする時は真剣に、息抜きの時は大いに笑い合えることが理想だと思っています。面白おかしな仲間の集まる職場でありたいものと常々思っています。

３年前のある日、月刊誌『文芸春秋』を読んでいましたら、作家の万城目学《まきめまなぶ》さんの、「私とお伊勢さん・面白き内宮」と題しての一文がありました。私は信じても良いと思える一説がありましたので改めて要約を書いてみます。

「そう言えば、この『面白い』という小説家にとって、もっとも大事にすべき感性を表す言葉のルーツの一端が、実はこの内宮《ないくう》にあるという話を聞いたことがある。……内宮に祀られているのは、言うまでもなく天照大御神《あまてらすおおみかみ》である。天の岩戸にお隠れになった天照大御神を引っ張り出そうと、神々が外でどんちゃん騒ぎを繰り広げ、そのあまりに楽しそうな様子に、うっかり天照大御神が岩戸から顔をのぞかせてしまう。それによって暗黒に覆われた世界に光が戻る。……という有名なエピソードがある。

このとき、**『面白い』**なる言葉が生まれたというのだ。……すなわち、**世に光が戻ったことを喜ぶ祝う神々の顔が白く輝いた。面が白くなるくらい空を仰いで大笑いしたことが『面白い』を導いたというわけだ**」

うむー。……原典があるのかは別にしても、後世になって作られた俗説であっても、……私は「面白い」と思います。

（「面白きこと」、第千の58回、2015年9月13日）

点・線・面・体 ― 連続させて構造や設備の機能を織りなす

この「点、線、面、体」は、物事を完成させるための手法とか、生き方として、30年程前、先達が教えてくれた大切な訓戒で、私は人生にしろ、建築にしろ、築くことにおいてこれは大変重要だと、今も私の幾つかの座右の銘の一つとして大切にしています。

「点々あい連ねて線をなす。線々あい並べて面をなす。面々あい重ねて体をなす」

点と点を連ねて一本の線をつくる。その線を並べていくと面になる。その面を重ねていくと一つの体になる……と、百歳になられた論語普及会の伊與田覺師が説いています。自らの目標に到達しようと思えば、このような生き方を貫いていくことが重要だというのです。

我が社のベテラン社員の方々は、私が20年ぐらい前から、「点、線、面」の使い方で建築の良し悪しが決まると、言い続けてきたことを承知していると思います。

これも結局は、意識して「一つの点や一本の線、一つの面」を大切に取り扱うことの実践、「やるのか・やらないのか」ということです。

同じく師は、「至誠は息《や》む無し。息まざればすなわち久し。久しければすなわち徴《しるし》あり」と言っています。通釈：至誠というものは、本気である。遊び心ではない。内から湧き出て止まる時がない。休まずずっと続けていると、それまで見えなかったものが見えてくるようになる。徴とは印、兆しのことです。誠実に、久しく物を続けることは、物事を完成する上で不可欠な姿勢なのです。

確かに、上手とか下手、才能があるとかないと言ったりするレベルは序の序で、やり続けた者にはやはり私も誰しもかなわないと思えるのです。

言わば、建築も点と線を連続させながら、面を意識し、構造や設備の機能を技術として織りなし、建築主の意向を活かしながら、バランス良く美しく構成するのが、品質の良い建築（体）だと思います。「点、線、面、体」の考え方を、建築と人生をつなげるものとして、若い方々に伝えておきます。

至誠を貫いていれば、それを理解し、助ける人もまた出てくるものです。一人増え、二人増え、だんだんと広がっていき、厚みを加えていき、そして一つのものが体として完成していくのです。それが建築であり、人生ではないでしょうか。

（「点・線・面・体」、第千の78回、２０１６年2月14日）

日本の林業再生 ― 県産材を採用する

２００８年10月12日付の『朝日新聞』によれば、「衰退の一途をたどってきた日本の林業が見直され始めている。林業輸出国の資源囲い込みや、新興国の木材需要の高まりで、頼みの外材調達の先行きが不透明になってきたからだ。国産材の利用拡大に向けた企業や国の取り組みも活性化している。『林業再生』は実現するのか」と伝えてくれています。

私も以前から、林業を復活させる必要性を強く感じていまして、幸運にも木造園舎を完成させる機会を得て、第22回のコラムで「木造復活」についての意見を報告させていただきました。

木材は子ども達の生活の場を構成する建材として最適だと思っていましたし、一歩踏み込んで、木材の需要は「山を守る」ことにつながるという気持ちがありました。

戦後の木材需要は安い外材中心で、その反動で日本の山が荒れてしまったのです。長い間、山で働く人々の生活を支えられる程の国産材の需要量がなかったのが、山が荒れてしまった原因です。

第118回では、「山を守ることは自然を守ることです」と次のように書きました。

「山は手入れしないと荒れ放題となり、治山治水という防災の役割すら、無くなってしまうと専門家は言っています。『植林』・『枝打ち』・『間伐』・『伐採』そしてまた『植林』というサイクルを50年から70年の循環で、林業関係者が山を守っているとのことです」

今年（2008年）、木造園舎プロジェクトが3件、来年3月完成を目指して、長崎、静岡、千葉の各県内で工事は同時進行しています。園舎は空間が大きくて長スパンですから、耐火性能と耐震性を考慮した集成材を使用していますが、完成が楽しみです。

また、来月完成の「清川村生涯学習センター」ですが、村の森林組合にご協力いただき、村の間伐材を、隣町の製材所で板材にし、内壁に積極的に採用しました。

新しい建築に、森林を守るための間伐材を採用できたのは、間接的ではありますが、自然を守るお手伝いとして、少しでもお役に立てて大変良かったと思っています。

それにしましても、先の新聞では「林業が産業として復活するハードルは高い。林業従事者は約4万6千人と30年前の約4分の1。同時に65歳以上の高齢者も95年の19％から26％に。手入れを放棄する森林所有者が増え、山の荒廃が各地で深刻化している。

さらに、価格ですが、使う側と森林所有者が同意できる適正安定価格を確立することが、産業として再生できるかどうかの鍵である」とまとめています。

今後も国産材、まずその建築の所在する県産材を採用することが、活性化につながると考えています。活性化のお手伝いができれば幸いです。

（「林業再生」、第４０６回、２００８年10月29日）
（「日本の林業再生」、第６１９回、２０１０年６月３日）
（「続・日本の林業再生」、第６２０回、２０１０年６月４）

次ページからは節目のコラムです。

節目ということで、私の考え方や思いがまとめて記載されており、これまで取り上げてきたコラムと重なる言葉も出てきます。それだけ重要な言葉として、受け止めていただければと幸いです。

２０１１年・年頭所感……義利合一

新年明けましておめでとうございます。

仕事を通じて生きることは、新年と言えどもまったく新しい路線を歩むわけではなく、昨年の延長線上において、改革や改善を加えながら生きていくことではないかと考えています。

「絆」を増やし、より豊かにするための改革改善の手法の一つとして、歴史を再認識することではないかと考えます。

昨年は吉田松陰の生誕地を訪ね、多くのことを学ぶことができました。今、昨年末から年越しで二宮尊徳の本を読んでいます。時代はどのように変化したとしても、人の心や生き様については変わるものではないということを確信しました。

むしろ現在は「過去や現代の偉人の業績や語録に学ぶことではないか」と強く思いました。

今年の指針として三つの「志」を掲げたいと思います。

一つは、二宮尊徳の教えで「**積小為大**《せきしょういだい》」です。……「**何事も小さな努力、小さな蓄積がやがては大きな収穫や発展に結びつく**」ということですが、建築設計と監理業務にはこの姿勢が最も重要だと思っています。

二つは、渋沢栄一の教えで「**義利合一**《ぎりこういつ》」です。……出典は論語とのことですが、「**企業は利益を求めるにしても、正義がなくてはならない**」ということです。

建築設計の正義とは、環境を破壊しない、環境に優しい、省エネ・エコ、人に優しいなど、お客様の利益と合わせて、社会貢献を基本とすることで、私はこの教えを個々のプロジェクトにおいて実践したいと考えています。

三つは、ノーベル賞受賞者、根岸英一博士流の幸福の条件です。

①健康：朝起きてどこも痛いところが無ければ幸せ。

②家族：一緒に暮らせる家族がいる幸せ。……私達日比野夫婦は共に今年（２０１１年）は70歳。

③仕事：好きな仕事が出来る幸せ。仕事における社員の成長を知る幸せ。

根岸英一博士はこの三つのバランスが、幸福の条件と言っていますが、なるほど、私も心得たいと思い、今年の三つの「志」とします。社員の方々も参考にしてください。

新年にあたり、お客様のご多幸と社員や社友の皆様のご活躍を祈ります。

（「年頭所感…義利合一」、第６８３回、２０１１年1月1日）

創業40年— 偉大なるかな継続の力

おかげさまで、我が社は創業40周年を歩んでいます。1月4日が個人創業記念日ですが、7月13日が法人登記の完了した設立記念日です。

昭和47年がスタートですから、この間の年月には49年のオイルショックもありましたし、平成2年から日本経済の崩壊が始まり、その後10年、都市銀行の再編成や大手証券会社の倒産など、大きな経済変動がありました。日本経済が立ち直りだした時代にリーマンショックで、またまた負の連鎖で、長いデフレトンネル。そして今年（２０１１年）の東日本大震災です。

そうした社会と経済の動乱を、嵐が吹き荒れるように見てきた40年間でした。今活躍している多くの企業は、社会と経済の嵐を乗り越え、継続してきたのです。

これはなんと立派なことか。建築主の皆様や関係者に心から感謝します。同時に役員や社員の皆様もよく頑張ってくれました。心からお礼を申し上げます。

「続ける」ことの困難さを知れば、当然「続いている」ことは素晴らしく評価されるのです。

過去のコラムにも書きましたが、鍵山秀三郎さんの言葉、「**10年偉大なり、20年畏るべし、30年歴史になる**」を励みにしてきました。

趣味のことでも、仕事でも「継続は力」と昔からの教訓がありますが、これが中々大変です。「続けていれば」個人でも法人でも、信用と付加価値が後から自然に付いてくると確信しています。

我が社の40年を記念して、印入りの記念品を1月から配りはじめました。また、建築専門誌や業界紙の要請に応えて特集を掲載しました。

個人的には、誰にでもある誕生日を祝う社風を創り上げたいと思っています。幾つになっても誕生日を祝うべきで、人間社会の原点が「いのち」だと思います。社内で祝うことは「いのちの息吹」を互いに感じあうことです。ましてや、周りに還暦や古稀の者がいれば、これこそ、

・良くぞ生きてきたもの
・良くぞ仕事が続けられたもの
・良くぞ家庭に支えられ、支えてきたもの

・良くぞ社会のお役に立ってきたもの……など、
やり続けた者を祝ってやりたい……これも社風にしたいものと思います。
（「記念のこと」、第739回、2011年7月29日）

充電退任 ― 積極的に組織刷新を図る

退任の挨拶状をお客様に発送したり、コラムでも挨拶させていただきましたが、私ごときにも大勢の方々が労ってくださったり、退任を祝う言葉をかけていただいたりで大変感激しています。改めて長い間お付き合いくださり、ありがとうございました。

楽しく働いて、休養して、スポーツをして、旅行をして……また働いてという繰り返しの40年で、決して疲れたとか病気の養生ではありません。

大好きな大作家・故司馬遼太郎さんが、1992年6月2日に講演した記録が掲載されている『文芸春秋』が手元にあります。それには「**組織というものは40年で概ね電池が切れるから、充電するなり、新しい電池に入れ替えるなりしなければダメですよ**」という一説がありました。

確かに人々が集まる組織は、折々にテコ入れが必要です。ましてや創業者の引き時が一番難しいと言われています。会社の設立というのは誰でも簡単にできます。しかしお客様や社会のお役に立つ会社に築き上げるには、大変な時間とエネルギーが必要ですし、持続させるのは、さらに難しいのです。

同時に、希望を胸に抱く若者が、人生をかけて働く場としての会社に育てるには、簡単ではありません。そのためにも、役員人事にも手をいれ、組織を刷新し、前向きに働く環境を整えることが大切で、これが社員の心意気を刺激し、顧客満足の仕事に「つながる」と私は思います。

たまたまですが、司馬遼太郎さんの指導を受けるが如し、私が充電退任することにより、日比野設計を刷新し、さらなる充実に歩みだすことを決断したのです。

私は、会社を大きくするのは本意ではありません。規模は必要に応じて徐々に前に進めば良いと思いますが、何よりも**充実**です。

会社の充実とは「**顧客満足の仕事が続けられている**」、「**社員が働く喜びを感じ、持続できている**」、「**社友である各社を大切にしている**」、「**財務が安定している**」などです。

私は創立時点から「**物心両立**」を提唱してきました。これからも現役員や社員が引き継いでくれることを確信していますが、私もこの点においては今後もオーナーとして見守りたいと思っています。

（「充電退任」、第７５６回、２０１１年10月５日）

２０１３年、年頭所感 ―― 「利他の心」

新年明けましておめでとうございます。

年明けを祝しているようで実に清々しく……この地方では、これを説明できるように、冠雪した美しい富士山を遠くに展望できるのです。

それは、政府が提唱する「景気回復と医療・福祉・教育の充実、さらに国土の強靭化」を実現する、厳しい「日本再生」への新年の門出を祝うことでもあると、私は思っています。大いに期待するところです。

私は「**男女共同参画社会**」という点で、「進歩的」と言われるぐらい早くから意識して会社づくりをしてきました。日比野設計は全社員のうち40％が女性技術者です。こうしたことは、今、そのように思うとしても直ぐには実現できないわけで、思い続けて、毎年優秀な女性を採用するところから、育成のあと活躍を共有し、顧客満足にこぎつけるまでの道のりを思えば、感慨無量のところです。

先日新幹線に乗っていまして、雑誌を読んでいましたら、大手建設業の1ページ全面広告があり、女性技術者がヘルメットをかぶり、遠くを展望している姿が実に凛々しくて見事でした。なるほど、建設業でも未来はこういうことかと見入りました。

それにしましても、昨年はロンドン・オリンピックがあり、私が驚いたことは、女性のボクシング競技です。考えてみれば、女性の柔道、レスリング、サッカー、重量挙げなど、競技において女性はダメという競技はないのです。

とにかく、女性は男性と同じく優秀なのです。性としての違いを認識して、その上で特徴を生かして活躍いただく職場であり、お客様に奉仕し、社会貢献につながる作品を創ることに挑戦できる職場、「男女共同参画社会」を実践する日比野設計でありたいと、今年も思うところです。

目標が毎年変わるのもいかがなものか、と思います。人間社会はやっぱり「**不易流行**」です。変えてはいけないもの、変えられないものとしての「**伝統と歴史**」や「**人間の心理、行動や尺度**」「**美しく・分かりやすく・面白く**」などの不易を大切にしながら、「**微妙に変化する社会を受け入れ、技術革新を一歩一歩進める**」ことが、建築設計の道だろうと考えます。

「人生に舗装された道はありません。くねくね曲がって、上がったり下がったり、でこぼこだったりする。歩ける道があればそれでいいはずなのに、最近は舗装されているものだと思ってしまうから不平不満がおきるんでしょうね。……誰かがしてくれるものと思うからつい……。私は一歩一歩確かめて歩こうとおもっていますけれど」……茶道裏千家家元・千の宗室

やっぱり、「**物心両立**」「**仁・義・礼・智・信**」の充実をさらに進めたいと考えますが、昨年末に弊社の安藤社長が「**利他の心**」の言葉を掲げ、社員全員に予定していない手当を配布していましたが、これは実にすばらしいと思います。

これは「ギブアンドギブ」であり、「建築設計の心」の極意です。今後もみんなで挑戦しましょう！社員の皆さん、社友の皆さん、今年も「勤勉」を第一に、充実した建築活動に取り組みましょう。私も６周りの巳年です。充実した一年にするために、何事も前向きに考えて取り組みたいと思っています。

（「年頭所感」、第８４６回、２０１３年１月１日）

第900回、「心の持ち方」で人生は豊かになる

おかげさまで、私のコラムも900回となりました。コラムで書いたことが、社員に対して、生き方の参考になり、先達の生き方に学ぶことが多いと感じてくれれば何よりもうれしいと思うのです。

建築設計は実に責任の重い仕事です。もちろんどんな仕事において、みな責任は重いのは当然ですが、お客様の建築財産を築き、この大地に建設するとなりますと、建築の及ぼす社会への影響は相当に大きいのです。

そうした仕事に従事する者こそ人間力を磨いて、高めて、お客様のお役に立ち、社会に貢献するのが道ではないか、と常々思っているわけです。

月刊誌『致知』9月号の特集は「心の持ち方」です。［巻頭の言葉］の担当はウシオ電機会長の牛尾治朗さんで、安岡正篤先生を囲む勉強会を立ち上げたのは昭和47年で41歳の頃とか、凄いですね。現在82歳ですから41年前から青年実業家として会社を経営し、同時に勉強会などで充実していたようです。勉強会の名は「而学会《じがくかい》」で、安岡先生が佐藤一斎の言葉から引いてくださったようです。それが次の言葉です。

『少而学　則壮而有為　壮而学　則老而不衰　老而学　則死而不朽』

少くして（わかくして）学べば、則《すなわ》ち壮にして為すこと有
壮にして学べば、則ち老いて衰えず
老いて学べば、　則ち死して朽ちず

江戸時代の学者の言葉に、現代人もまさにその通りだと、胸にしみるところです。私も「死ぬ時まで勉強だ」と頭で分かっていても、「言うは易し、行うは難し」というところです。

「心の持ち方」について、編集長は常岡一郎という明治32年生まれの人物を紹介していました。少年期から頭脳明晰、正義感が強く、才気煥発な青春時代であったが、慶応義塾大学を卒業する目前、肺結核で倒れた。一転して病床に伏す身となり、近寄ってくる者はなく、孤独の日々を過ごした。

一人の見舞い客が常岡に言った。「そんな人間でどうする。徳を積んで病気と縁を切りなさい」と。この一言で、常岡は奮起、修養生活に身を投じる決心をした。

闘病15年、病を治すことはやめ、病で自分の性格を直すことに全身全力を尽くした。九死に一生の中から心魂を練った。ついに病を克服し、90歳まで人としての道を説き続けた。すべて人のために使い切り、出し切った人生だった。

「仕事は辛い。辛いが辛抱だ。こう思って働く人は疲れやすい。いつかは限度が来る。明るくひらける道は、仕事を楽しむことである。働くことが好きな心。これには暗さがない。働くことに自信が出来る。よろこびもわく。常に明るく働く心構え。これが一番楽しい生き方である。……心がひ

らける。うなずく心。陽気な心。感謝の心。感激の心。これが心の花の開いた姿である」

……そうですね。「心の持ち方」で「人生は自分次第で面白くなる」と確信しています。

（「8月の凪・その3」、第900回、2013年8月21日）

節目のコラム ― 今日は私、73回目の誕生日

おかげさまで、今日（2014年3月16日）は私の73回目の誕生日です。昨夜は家族が、私の思い出の地・江の島のレストランで、1月、2月に生まれた子ども達と合同の祝いをやってくれ、うれしいプレゼントもいただきました。

想えば、江の島には昭和40年から2年ほど生活しました。49年前は日曜日には江の島海岸を家族と共に散歩したものです。江ノ電「江ノ島駅」から東京の神田まで乗り換えを入れて約2時間の通勤地獄。朝のラッシュや、夜残業して帰ると22時を過ぎている日々が続きました。

当時の日本はどちらの会社も役所も、土曜は半ドン（午前中だけ勤務）というシステムでしたが、会社の場合それは建前で実質は夕方まで働きました。それでも日曜日は江の島海岸から富士山を眺望し、繰り返す波の音、新鮮な空気に触れ、夢を抱き続けられたので耐えることができました。

今朝もテニスクラブに出かけ、3セットのプレイを楽しみましたが、73歳でプレイできるのは、家族や友人のおかげです。感謝の気持ちでいっぱいです。

仕事の方は2年前に一線を引き会長職としてアドバイスに徹しています。新社長は私が指名しま

して、すべての経営を託しましたが、「お客様を大切にする姿勢、社員を大切にし、社員を活かしていく姿勢、財務についても確り目配りする」など、さらに、私や社内の「報告・連絡・相談」などを密にする気配りも充実しています。２代目の社長として役割を果たしていることを評価しています。私の選んだ目に狂いはなかったということで、うれしく思っています。

その社長を支える三役や執行役員達も一丸となって設計監理業務に取り組んでいることに、満足しています。33名の社員達は私が採用に関与した者達で、この者達も建築に心が燃えていることや、「人間力」を磨こうとしている姿勢があり、採用して良かったと思っています。

今年の４月からの新入社員３名の入社を大いに歓迎します。４月の研修でも話しますが、建築設計の上達は「人間力」の磨き方次第であると言えるのも、歳を重ねた者の確信です。

今日はコラム、第９５０回になる節目（我ながらかなり続きましたね）と、私の73歳を記録し、森信三先生から学ぶことにします。森信三先生のこと、社員の皆さんや多くの方々はご存知でしょうか。

森先生は明治29年愛知県に生まれました。大正15年京都大学哲学科卒業。昭和28年神戸大学教授。著書に『修身教授録』『人生論としての読書論』『人生二度なし』など、86歳まで全国を講演行脚。平成４年逝去。

以下は森先生の話です。

「雑事をいかに巧みにさばくか、……私はハガキを活用しています。一枚のハガキで、たった一言の言葉で人を慰めたり、励ましたりできます。これは意義があります。……手紙の返事はその場で片づけるのが賢明。丁寧にと考えて遅れるより、拙速を可とした方がよい。……人間、億劫がる心を刻々と切り捨てねばと思います」

――先生の学問の根底の一つに「立腰《りつよう》」というのがあります。

「私の今日あるのは『立腰』というのを貫いてきたおかげです。……要するに、朝起きてから夜寝るまでいつも腰骨を立てて曲げないということです。これは主体的になるための極秘伝であるばかりでなく、健康法という面からも第一です。……『立腰』を徹底していると生きる力が出てくる。いかに生くるべきか、いわば実践の哲学ですね……物事は一応80点級のできばえでいいから、絶対に期限に遅れないこと。これ世に処する一大要訣と知るべし。……人間は、進歩か、退歩か、の何れかであって、その中間はない。現状維持と思うのは実は退歩している証拠である」

森先生は亡くなられて22年になりますが、教育界では相当知名度が高い先生で、現役の先生方も森先生の著書に学んでいるようです。私も同じです。

私は73歳まで生きることができました。いや多くの方々に生かしていただいたというのが本当だと思います。もう少し頑張って、楽しく生きたいと思いますので、よろしくお願いいたします。

（「節目のコラム」、第９５０回、２０１４年3月16日）

コラム、第１０００回 ― 感謝・感激・感動

おかげさまで、私の書いてきたコラムも今回で１０００回になりました。平成18（２００６）年

元旦の年頭所感が第1回のスタートで、約9年、週2.5回ぐらいのペースで書いてきました。最初は社員とのコミュニケーションの一環として始めたのです。設計事務所においても、他の職業の会社においても、経営幹部と社員が多様な意見を持ち合わせながら、意見や提案を練り合わせた上で、同じ方向を目指すことが大切だと創業の時点から考えていました。

9年以前は会議中心にコミュニケーションを充実させていましたが、コンピューターの普及やブログなどというシステムで会議で発言したことや、さらに詳しく記録しておきたいことなどを、文章で表現することができるようになりました。

すると、社員以外の社会の方々が大勢読んでいただくことにつながりました。違う意見をお持ちの方々も大勢いたのではと思いますが、賛同や激励の言葉をかけてくれる方々も多く、長く続けることができました。

社員に学びを呼び掛け、互いに学びを共有しようと心がけてきました。会社とか、人間の集団は、目標がなかったり、あったとしても見失ってしまったのでは、会社という船はやがては難破してしまいます。

私の目標は、良質な建築を社員共々創作し、お客様の要望を超えることだと信じてきました。お客様の建築が良質であれば社会の人々のお役に立つという信念、そういう実践の繰り返しが「幼児の城」という幼児施設が、全国に建つこと330を超えるようになりました。

同時に福祉施設研究所による特別養護老人ホームや有料老人ホームなどでは、40ホーム・2500床の施設を手がけることができました。その他障がい者施設など多くの建築種別も含めれば、創業して43年、公共施設と民間施設を合わせて、約1300プロジェクトをこの大地に建設するお手伝いができました。

多くのお客様にお引き立ていただいたおかげです。これこそ「**感謝・感激・感動**」です。ありがとうございました。心からお礼を申し上げます。

「ものづくり」の要諦を二つ

先月の10月31日が当社の第43期の期末でした。おかげさまで、8年連続の安定経営で、儲け儲けと先に言わず、良質の仕事をやり遂げた後からお客様から気持ち良くいただくのが利益ではないか、……そういう積み重ねをさせていただいた43年でした。

今、「ものづくり」の要諦を二つあげるとすれば、「**モノ言わぬモノに、モノ言わすモノづくり**」と「**不易流行**」です。技術革新の時代ですから、変えていかねばならぬものは、積極的に変えなければなりません。同時に人間社会では守り抜かねばならぬものは固く強く守らねばなりません。

（「感謝、感激、感動」、第1000回、2014年11月18日）

2015年・年頭所感 ― ひたすら志に集中せよ

新年明けましておめでとうございます。

昨年末は12月26日（金）が仕事納めで、午前中は事務所の大掃除、捨てるものは捨てる方針でしたが、清掃等務所に運び込んだゴミは2トン車に2台分になりました。

午後3時からは横浜事務所の面々も集まり納会です。一人ひとりが今年1年を振り返ってのコメントを発表。若い方々も中堅もシニアも仕事を通じて学ぶことができたとの報告が多くあり、どのレベルにおいても学ぶ姿勢は立派だと思いました。

中には「**仕事を楽しんだ**」との表現を使った者もいましたが、相当忙しい一年だったと思いますが、楽しんだという意気に感動しました。

仕事を楽しむとは、孔子曰く、「**之を知る者は、之を好む者に如かず。之を好む者は、之を楽しむ者に如かず**」……通訳「**学んで求めるべきことを知る者は、これを好む者には及ばない。されど、これを好む者はこれを楽しむ者には及ばない**」

孔子が述べているのは、「知る者」とは学生や新入社員が知識を身に付けようとしているレベルと考えてよい。「好む者」とは、勉強が好きで、前向きな者だが、好むだけでは好まなくなることもよくあることで、だから、それを「楽しむ」境地までいかなければいけない。と教えているわけです。

私の過去のコラムでは、この孔子の教え、「**知・好・楽**」という話を度々引用しています。仕事を楽しむ社員や役員が大勢いる会社は伸びますし充実していると思います。

これまでのコラムでは、社員の皆さんが、「**設計力**」（デザイン・技術）と併行して「**人間力**」を磨くことが大切と考え、「孔子の論語」や「孫子の兵法」などから引用し書いてきました。コラム100選の編集には度々登場するかと思います。

今年は吉田松陰の語録からも学びたいと考えます。今年のNHK大河ドラマは「花燃ゆ」で、明治維新のまっただ中を生き抜いた女性……吉田松陰の妹・文が主人公です。兄・松陰を助けて松下村塾を切り盛りし、やがて塾生の一人・久坂玄瑞と結婚。時代は幕末の動乱に向けて動き始め、文もその流れに翻弄されていくのです。……確かに、この時代に長州・萩に吉田松陰が誕生しなかったら、吉田松陰が松下村塾を開かなかったら、日本の明治維新が成り立っていただろうか、ここで学んだ若者が明治新政府を築いていったのです。

そういう意味でも今年は吉田松陰がクローズアップされる年であると思いますが、語録には素晴らしい名言が残されています。

「**志と気が充実すれば何事も成し遂げられる**」……人生が充実しているかどうか、やるべき仕事や勉強がうまくいくかどうか、は、「志」をしっかりと立てているかどうか、によります。

「ひたすら志に集中せよ」……どうでもよい世事は省略していきましょう。今抱いている「志」に専念すべきです。一心に専念すれば、有効な策やすばらしい考えが浮かんでくるでしょう。

さて、新年にあたり、社員の皆さんと「志」を共有したいと思います。……「**建築設計において、お客様のご要望は勿論のこと、ご要望を超えた提案を実践し、建築がお客様に喜んでいただくことを通じて、建築が社会貢献すること**」……会社運営は「**惜福・分福・植福**」の実践です。

（「2015年・年頭所感」、第千の6回、2015 1月1日）

2016年・年頭所感 ―「至誠」を尽くす

新年明けましておめでとうございます。

昨年は一昨年に続き、2年続けて日本人がノーベル賞を受賞するとか、五郎丸選手などの活躍でラグビーに脚光があたるなど、色々と素晴らしいことの多かった年であったと思います。

一方、風水害などで大変大きな被害が出た地域があり、避難生活が長きにわたるなどの困難な生活を続ける方々もいて、心からお見舞い申し上げます。

我が社におきましては、多くのお客様から仕事をさせていただき、心から感謝申し上げます。そうした仕事による作品が、社会から評価をいただき、色々な賞をいただきました。光栄なことと存じます。同時に益々の努力を求められているものと考えています。

建築は依頼主から私たちに仕事をさせていただいてから事が始まるわけで、それが関東各地や関西各地、沖縄や九州各地まで広がり、うれしい限りです。そこから社員たちの努力による活躍があり、社友の皆様や建材メーカー、工務店の皆様など、多くの皆々様との協働によって完成に至ったのです。

社の内外において「心と力」を合わせて創ることが、どんなにすばらしいことか、私は過去44年も「建築の力」を身に感じてきましたが、昨年はまた一段と素晴らしく記憶に残る年でした。

さて、新年ですが、多くの先達が築いてきた歴史や伝統を謙虚に知り、学び、その上で経営も、創作も、技術も、さらに前進できればと願うところです。

それには、社員の一人ひとりが「**人間力**」を磨くことと併行して、歩みを進めていただきたいと思います。その原点は、両親や兄弟姉妹への感謝から始まり、この気持ちがお客様や周りの方々に通じるわけで、これが前回のコラムで書きました「**至誠**」を尽くすことになるわけです。

「**置かれた場所で咲きなさい**」……渡辺和子先生の言葉ですが、奥が深く素晴らしいと思います。社員の一人ひとりが、今、目の前のプロジェクトにおいて、「至誠」を尽くすことにより、美しく個性的なあなたの花が咲くことだと思います。

今年も社員共々で「至誠」を尽くしますので、社会の多くの皆々様、お引き立て、ご鞭撻のほど、よろしくお願い申し上げます。

（「２０１６・年頭所感」、第千の72回、２０１６年1月1日）

第8章　『致知』——強い味方、学びの宝庫

私は、月刊誌『致知』からどれほど学んだか計り知れません。
私の学びの宝庫と言っても過言ではありません。
ずばり「人間学を学ぶ」貴重なテキストです。
ここでは、これまで紹介していない月刊誌『致知』からの学びを紹介します。
今後も学び続けていきます。

賞味期限 ―「人間にも賞味期限がある」

月刊誌『致知』３月号の［巻頭の言葉］でイエローハット相談役・鍵山秀三郎さんが、「人間にも賞味期限がある」の題で意見を述べていました。

賞味期限と言えば、昨年の一連の食品関係事件に関連してのことと思います。昔の商習慣には良い例があり、惣菜や生鮮品が、閉店近くになると赤札投売りがありました。記憶に新しい「赤福」なども期限のシールを張り替えたり、練り直しをするなどの「偽」をしないで、堂々と売れ残りを割引の赤札で売り切ればよかったのです。「赤福」を赤札という売り方は、人気を博したかもしれません。

鍵山さんも「まだ十分に食べられるものまで、破棄するということは、多大な無駄が生じ、国家的な大損失を招いてしまう」と書いていますが、私も賛成です。

さて、鍵山さんは「賞味期限は商品だけではない、人間にも当てはまる」と書き、「その期限は年齢によるものではなく、百歳を越えてもなお、まだ十分に余裕を残している人もいれば20代で期限の切れてしまった人もいる」とも書いています。

面白いこと言いますね。そう言われれば、まさにその通りだと思います。人間に与えられる期限の基準は何でしょうか？

鍵山さんは「**人が他の人から信頼され、かつ社会に貢献しているかどうかにかかっている**」と言っています。

私の意見は、社会人となり、職業に就き働き、常識を基本として生きることが最低条件の賞味期限であると思います。期限が切れているとはどういうことか、「倦怠」「意欲が無い」「暴飲暴食で自分を痛める」などや「社会の約束を守らない」、ましてや「犯罪」に手を染めるなどは、人間としての賞味期限が切れていると言われるのだと思います。

反面、百歳を越えても多くの人に頼りにされ、期限を十分に余す人もいるのです。私のコラム第271回「**人生の実力**」で95歳の日野原重明先生と101歳の昇地三郎先生のことを書かせていただきました。「人格、識見、生命力、人々への影響力」など、どれをとっても比類なき、人間賞味期限の最長で最高ではないかと思います。

また、仕事の話ですが、私達の担当する建築は、何時までも社会の役割を担うことの出来る、建築、賞味期限の長い、長寿命建築を常に目標にしています。

（「賞味期限」、第299回、2008年2月18日）

母のこと ― 啐啄同時 … 呼吸を合わせる

月刊誌『致知』7月号の［巻頭の言葉］は中條高徳（アサヒビール名誉顧問・2014年没）さんが、「母のあり方」と題して書いています。

「母は十月十日の間、自らの腹で子を宿し、時満つれば陣痛が始まる。嬰児もまた世に生まれでようと動き力む。まさに出産は神業といわれる所以である」

「これ、『啐啄同時《そったくどうじ》』という教えと同じである。『**啐**』は雛が孵化する時に殻の中からつつくこと。『**啄**』は親鳥がそとから殻をつつくこと」

なるほど、絶妙な自然の摂理は人間の誕生もまた同じである。こうして命が誕生し、切っても切れない命のつながりが始まるのです。

第487回で「恩」について書きました。

人間社会で一番大切なことと問われれば、私は「**恩**」と答えます。この世に生を授けてくれた親の「恩」。育ててくれた親の「恩」が、「恩」の始まりです。

親と子の関係は何代も前から続いているのです。これも天が創った自然の摂理です。子が親に守られて成長し、やがてまた親に成るのです。

「恩」の循環こそ人の世界の原点のように思います。

私もまた、48年前に亡くした母を、今、思い出しながらこのコラムを書いています。戦中戦後は貧しい生活でしたが、母には温もりがありました。朝早く起きて、9人の子どもに分け隔てなく愛情を注ぎ、育て上げましたし、自営の商売と子育てを両立させました。また、他人にも優しいことでも街の評判でした。合掌。

第493回の位田先生の講演報告は、「面白い話」で終わっていましたが、実は「**恕**《じょ》」についても語ってくれました。孔子が門弟の問いに答えたことで、人間の一番大切なことは「恕」であるという話です。

これも二宮尊徳翁に通じることだと思います。「恩」や「恕」の心があれば、我が子を虐待したり他人をいじめたりなどはありえないと思うのですが、幼児教育から学校教育において、いよいよ原点に返らねばならぬ時代にきたと思います。

第329回に「**忠恕**」を書いています。今日学んだことを仕事に活かすとすれば、「啐啄同時《そったくどうじ》」です。これを「呼吸を合わせる」と解釈して「お客様と設計担当者」「代表者や幹部と社員達」「チーフとスタッフ」の関係において、「**心と力**」を合わせる事で、求め歩む方向が同じで、タイミングを合わせることができれば、良い仕事ができると考えました。

（「母のこと」、第494回、2009年6月3日）

ヒト・モノ・カネ ＋ 情報 が充実していれば「盛」

月刊誌『致知』の新年号の特集のテーマは「盛衰の原理」です。企業の盛衰と言えば、経営誌などを30年読んできましたが、表題の「**ヒト・モノ・カネ**」は企業の財産とする厚みに行きつく様に思いますし、雑誌に登場する成功している経営者の弁も、経営コンサルタントの弁も共通するところだったと思います。

しかし、これがセオリーだとしても、世の中の企業には「盛衰」共々半ばしています。企業において一期や二期が「盛」であっても、その後の持続がいかに困難かというところもよくあることだと思います。

「ヒト・モノ・カネ」の三つ揃いが会社の財産であることは、ここまでに述べた通りです。この三つが充実しているのが「盛」を持続させる原理であるわけですが、最近もう一つの財産があるとのコンサルタントの意見です。私の会社では過去30年間、実践してきました。

それは情報です。情報にはプラスの情報とマイナスの情報がありますが、どちらも財産です。社内における情報とは、個人情報から組織情報にオープン化され、風通し良く社内に情報が流通するようになっていれば、その会社の大きな財産と言えるのです。

それは個々の有能な社員の「**知力・胆力**」が他の多くの社員に広がり、「**個の力が組織の力**」に転換されることで財産になるわけです。

マイナスの情報を財産にするには、例えば、商品トラブルや発注トラブル、お客様とのトラブルなど、個々の担当社員にはマイナス意識があり、隠したいとする心理は当然です。隠してしまえば財産になりませんが、トラブルを組織として「**見える化**」する仕組みや社風を築けば、大きな財産になると思います。同種のトラブルを社内で起こさないようにするわけですから、先々の大きな財産になります。

『致知』の特集のテーマ、「盛衰の原理」について私流に判断すれば、「**ヒト・モノ・カネ**」＋**情報**が充実していれば「**盛**」の道であり、これが不確実であれば、「衰」の道であるのが原理原則のように思っています。

（「ヒト・モノ・カネ」、第６８1回、２０1０年12月19日）

人材・人財から人物になる ― 才能と徳を併せ持つ

月刊誌『致知』11月号の［巻頭の言葉］は、論語普及会の伊與田覺氏が担当で、人物論について書いていました。

伊與田氏曰く。組織で「人材」「**人財**」というと、才能があり、大いなる働きをする人のことを意味します。これに対して「**人物**」という言葉があります。単に才能のある人をいうのではなく、才能と徳を併せ持った人で、才能もあるけれども徳のほうが勝っている人を指します。

……なるほど、「人物」には老若男女の別はないと理解します。

日比野設計の役員・社員には「人財」から、さらに徳のある人、「人物」に成長してほしいと願っていますが、「人物」に成るのには、それぞれに少し時間差があることを承知しながらも、大いに期待したいと思っています。

「**国は一人を以て興り、一人を以て亡ぶ**」……大きな例えでは、中東のムバラク大統領もカダフィ大佐も、自らを律しきれずに亡ぶことになったのです。

昨夜読了しました堺屋太一氏の『三人の二代目』の中でも、豊臣秀吉も一時代を築いたが、晩年はやはり自らを律することが出来なかったことを書いています。国を統治するのは並みのパワーでは為しえないわけで、それぞれの初期のことは評価のできる点も多々あるわけですが、「くにづくり」においては「権限の乱用」「政治とカネ」「公私混同」など、いずれも「国民の生活」を置き忘れているわけで、国も違い時代も違うけれども同じような末路になっています。

会社もまた、成長も衰退も人によって決まるのは当然で、それゆえに、**「社員を財産」**にできるかどうかにかかっています。「社員を財産」とするには、健康で可能性を秘めた新卒を採用し、磨くのです。

磨くとは教育です。経営陣が教育を思いついた時に、一度や二度それらしきことをやっても若者の心身に宿るものではありません。やり続けること、5年、10年、15年と、指導する方も学ぶ方も真剣な継続性が必要です。やがて学んでいた若者も「人財」から、徳のある「人物」となり指導者になっているのです。

『安岡正篤　一日一言』（致知出版社）10月12日の言葉。

「事業というのは、要するに人である。したがって、本当の事業は、事業でなくて、**『徳業』**なのだ。会社の幹部になって事業を経営する人の人格、その気分、思想などが自然に集まって一つの社風というものをつくる」

……なるほど、事業を「人物」が推し進める「徳業」の会社は、充実成長するでしょう。

（「人材・人財・人物」、第７５７回、２０１１年10月９日）

五つの〝自〟— 人間力にさらに磨きをかける

月刊誌『致知』３月号の［巻頭の言葉］は、ウシオ電機の牛尾治朗氏で、「五つの〝自〟を実行せよ」です。

「変化に即応できる者だけが生き残る……この時期に重要なことは、日本人一人ひとりが目先の変化に翻弄されることなく、人間としてしっかり生きていくことであり、社会の目標も、優れた人材を育成していくところに据えなければなりません。

……この人材育成こそ、人間力にさらに磨きをかけることで、今後は『**五つの〝自〟**』を実行していくことが重要な鍵になると私は考えます。

心すべきは、〝**自主判断**〟〝**自助努力**〟〝**自己責任**〟。まず、この三つですが、実行できている日本人はまだ、十人に一人程度に過ぎません。そして、他に頼らない〝**自立**〟と、自ら考え行動する〝**自律**〟です。……戦後、奇跡の復興を成し遂げた私たちには、この五つの〝自〟の実践により、これからの役割を立派に果たすことができると私は信じています」

と書いています。

なるほど、こういう心を持って建築設計・監理に注力することです。また、何より、こういう心意気の人たちが連帯してゆけば、東日本大震災の復興も紀南地方の豪雨被害からの復興も、デフレの克服もやり遂げ、日本は再び活力を取り戻し、新たな繁栄に向かって歩み始めることができると、私も信じます。

五つの〝自〟を読み、次のコラムの要約を書こうと構想していたら、2月6日の朝、すごいビックニュースが飛び込んできました。これこそ、〝自〟を実践した日本人女性です。

菅井円加（17）さんが「ローザンヌ国際バレエコンクール」で優勝したとのことです。我が社の厚木事務所のご近所にお住まいですし、卒業された小・中の校舎を増改修する設計のお手伝いをしましたから、すごく親近感があります。

母親によれば、「踊るのが大好きで弱音を口にしない頑張り屋で、毎晩11時過ぎまで練習しますから、深夜に駅まで迎えに行きます。自宅でも黙々と筋力トレーニングを続けています」とのこと。

両親は機会あるごとに、「常に周りの人に感謝を忘れず、自分を信じて進みなさい」と諭しているそうです。実にすごい！　この子にしてこの親あり！

これから世界を舞台に活躍されることを大いに期待します。それにしましても、ゴルフ、テニス、卓球、野球、サッカー、スケート、スキージャンプなどの選手も含めて若い方々が大変頑張っています。頼もしい限りです。

（「五つの〝自〟」、第７８０回、２０１２年２月７日）

魔性《ましょう》――　情熱とも、狂気とも言っていい

『致知』２００５年2月号に作家・城山三郎さんの金言があり、感動した部分を社員達と分かち合いたいので伝えることにします。

それは、「『**魔**』をもっているか否か、それが創業者の分水嶺・魅力ある経営者たちに共通したもの」という言葉ですが、ここで言う創業者とか経営者のことを、建築家と置き換えて読んでください。

城山：いろいろなアイデアを抱く人はたくさんいます。だが、それを**創業に持っていき**、軌道にのせられるかどうかの境目はここなんですね。多くはここを乗り越えられず、アイデアは単なるアイデアで終わってしまう。

（**「創業に持っていき」を「良質な建築の実現」**と置き換えてください）

――その境目を乗り越えさせるものはなんですか。

城山：「魔」でしょうね。……情熱と言ってもいいし、狂気と言ってもいい。何かをやるなら**「魔」と言われるくらいに繰り返せ**、ということです。

（「魔」と言われるくらいに繰り返せとは、私が度々コラムで書いている、**「学びて、時にこれを習う**……習、相遠し」のことで、**復習**、**習慣**など、繰り返すことと同義語です）

城山：渋沢栄一は農家の出。若い頃侍になりたくて、一橋家に仕えた。割り当てられたのは勝手番。これでは上の人と話し、認めてもらうチャンスがない。……だが、上の人が毎朝乗馬の訓練をする。この時がチャンスと思い、渋沢は馬と一緒に走って自分の思いや考えを上の人に話す。毎朝それをやる。……すると、あいつは見どころがあるということで、そこから彼の人生は開けていく。

渋沢は三つの「魔」を持っていた。**「吸収魔」**、**「建白魔」**、**「結合魔」**……学んだもの、見聞したものをどんどん吸収し、身に付けてやまない。物事を立案し、企画し、それを建白してやまない。人材を発掘し、人を結びつけてやまない。とことん徹底して、事が成るまでやめない。

そういう「魔」としか言いようのない情熱、狂気。……根本にそれがあるかないかが、創業者たり得るか否かの分水嶺でしょう。

私は城山三郎さんの小説を何冊も読みました。数年前に故人となりましたが、小説も金言も生きています。ご冥福を祈ります。

こうした「魔」のつくような社員を増やしたいと思いました。現在でも何人かはこうした人物が育ってきています。もっともっと増やしたいと思っています。

（「魔性」、第835回、2012年11月15日）

歩歩是道場《ほほこれどうじょう》 — 逃げずに集中して取り組む

月刊誌『致知』7月号の特集は「歩歩是道場」です。禅の言葉で、日常の一挙手一投足、そのすべてが自己を鍛える道場だ、という意味（歩歩とはいま、ここのこと）。

編集長は百歳の禅僧松原泰道師（故人）に教わったようですが、歴史に鮮やかな軌跡を残した人は、一様に「**歩歩是道場**」を体現した人ではないかと書いています。

「例えば、明治維新の偉人、西郷隆盛である。西郷は島津久光の逆鱗に触れ、36歳で徳之島へ、さらに沖永良部島に移された。沖永良部島は鹿児島からは536キロ。40年前はフェリーでも20数時間要したところを当時は船頭が人力で漕いで行ったのである。西郷はその島で吹きさらしの獄舎に幽閉された。同時に一族郎党を含め、西郷家の財産はすべて没収されていた。

常人なら絶望に打ちひしがれて不思議ではない。この状況の中で西郷は800冊の本を詰め込んだ行李三つを獄舎に持ち込み、猛烈な勉強を始めるのである」

……遠島流罪という悲運の場を徹底した自己研鑽に励むことで最高の修養の場と化したのです。

仕事や、スポーツにおいて、苦しいピンチの局面に立たされた経験は誰しもあると思います。要は苦しい局面から逃げずに集中して取り組むことの大切さを教えてくれています。

記事の中には「歩歩清風起こる」と題した、イエローハット創業者・鍵山秀三郎さんと前公文教育研究会社長・杏中《あんなか》保夫さんの対談があり、これにも教わることがありました。

鍵山さんの提唱する「大きな努力で小さな成果」ですが、現代のビジネス界ではその対極で、「小さな努力で大きな成果」を求められてきたと思います。

杏中さんは、「**何のためにこの仕事をしているのか**という理念を全社員で共有しなければならない。それは一言で言えば「**先義後利**《せんぎこうり》」です。仕事には絶対に「**義**」が必要です。「義」がまずあって、そして「利」は結果です。「義」に目覚めた時、人はとんでもない力を発揮します。

……まさに私も賛同するところで、我が社では常に設計とは「利他の心」と言っていますが、同義語です。

鍵山さんのまとめは「**やっておいてよかった**」「**やっておけばよかった**」、このわずか二文字の違いだけれども、その差はどこまでも大きいということです。

「やっておいてよかった。言っておいてよかった。会っておいてよかった。伝えておいてよかった。指示しておいてよかった……など」設計監理の世界でも沢山あります。仕事でも個人生活でも「やっておけばよかった」など、悔いを残さぬ人生でありたいものです。……勉強になりました。

（「歩歩是道場」、第884回、2013年6月13日）

治に居て乱を忘れず ― 好景気時代に備える、利益の三分割法

月刊誌『致知』10月号の特集は「夢に挑む」ですが、今回はウシオ電機の牛尾治朗さんが担当している［巻頭の言葉］に、「治に居て乱を忘れず」を書かれています。私も関連して書いてみます。

この出典は中国の『易経』で、大昔の賢い武将の教えで、「戦乱を勝ち抜き、平穏な時が続いても、万一に備えることを怠ってはいけない」ということです。

牛尾さんは実業家としてこれを引用し「**好景気の時代が続いても一本調子にはいかない。必ず変化があり、やがて不況という時代がやってくる。好景気時代に次の変化に対する備えが万全ならば、また次の時代を迎えることができる。これが好景気時代に有頂天になって、濫費を続けたり、備えを怠れば、不況を乗り切れないと思う**」と述べています。

……これは法人でも個々人でも同じだと私は思います。法人なら倒産、個人なら破産ということになった事例は過去に多くあります。

第989回で、内村鑑三さんの「成功の秘訣」を紹介しました。「濫費は罪悪。誠実を財産にせよ。雇人は兄弟と思え。客人は家族として扱え」……など、好景気でも不況でも、誠実にぶれ幅を少なく生きることに通じるわけで、牛尾さんの言わんとしていることと同じです。

好景気時代に備えよとはどういうことだろうか。濫費はしないのは当然として、私は積極的に備えるという意識が大切だと思っています。

利益の三分割法があると若い頃の読書から教わりました。おかげさまで、濫費をせず、経費を節減し、お客様から頂いた利益を年間コツコツ積み重ねています。その上での備えの配分は、3分の1を次の時代のための設備投資として、機材の整備や本の出版、働くオフィスの整備などに回し、次の3分の1は社員のやる気を引き出す人的投資、これは決算賞与や英気を養う研修など人材教育に、次の3分の1は財務として預貯金の積み増しとする。勿論のこと、納税を基本とするのは当然です。……30年も前の学びですが、時代が変わっても概ねの配分としては、間違っていないと考え、毎年備えを実践しています。

「平時の時に有事のことを忘れない」と「治に居て乱を忘れず」は、私は同義語だと思っています。事の次第は別にして、2千年も前の、備えに対する教訓も現代の色々な備えの教訓も、人間社会の意識は同じだと言うことです。

（「治に居て乱を忘れず」、第991回、2014年9月15日）

あとがき

おかげさまで、昭和47年1月に同僚の岡崎茂夫と共に建築設計事務所を開設し、社長から会長、顧問を経て、完全に引退したのが平成27年ですから、45年間に亘り株式会社日比野設計と共に歩んで来ることができました。そして今年（平成30年）、77歳（喜寿）になりました。

まずは、創業から引退するまで私が懸命に働けるように心身を支えてくれました家族に、感謝とお礼を申し上げます。同時に、共に働いた当時の役員や社員の方々、多くの仕事をさせていただいた各々のお客様、業務に協力くださった社友の皆様、建材メーカーや工務店の皆様、業務推進のために大勢の応援くださった方々に心からお礼を申し上げます。

会社は社会の公器です。会社の運営を続けるということは、社会的に大きな責任があります。私が病に倒れたり、気力体力が衰えてそこが会社の終わりとするのは、いかにも無責任ではないかというのが基本です。

そのためには、役員や社員が人財として成長し、社会的な任務を誠実に責任を果たし、社会に貢献できる会社を代々継承させることだと想い続けてきました。(平成30年現在、三代目の社長が就任し、隣国などにも担当領域が広がり、充実した運営を創業50周年に向って継続中です)

創立30周年も過ぎた頃から引退を考え始め、その前に毎週1〜2回のコラムを書いて、**会社経営と建築設計の社会的な役割**（建築は美しく住みやすく、堅実な技術で経済的に創ること、則ちバランス良く創る）について、社員に伝えようと決意したのです。大筋としてそうした思いがあったにしろ、書き始めましたが、書き続け伝え続けることがいかに難しいかを実感しました。私自身が浅学であることで行きづまり、私自身がさらに「学びて、習う」必要に気がついたのです。

コラムを約10年間で千百編程書きましたが、概ね私自身が学んだ先達の教えをとりあげてまとめています。特に月刊誌『致知』を約35年間購読していますが、毎号手にする度に、古人や先達が残した名言・金言に深く感銘し、これは社員にも伝えたいと思う内容ばかりで、その多くを参考にさせていただきました。

コラムが千百編になる頃、引退後、百編程選択し一冊にまとめたいという願いを持っていました。この度、髙木書房の斎藤信二氏から、「これまでは一人の読者であったが、これらのコラムを多くの方々にも伝えたいので、出版に協力させて欲しい」とお誘いを受け、出版するなら質素の本で良いと、編集を含めてお願いすることになりました。素晴らしい一冊になりました。斎藤信二氏に心からお礼を申し上げます。

表題の**「学びて、習う」**は論語の中にある孔子の言葉で、何編かのコラムでも引用していますが、学ぶことは何より大切であるが、学んだら実践（知行合一）しなさいということです。それを習慣としてコツコツと一途に一貫してやり続ければ、**「人生は自分次第で面白くなる」**と確信します。一人ひとりが個性的な色合いの花として、**「人生に花が咲いた」**ということなら、これは**すばらしい**。

働く方々が意志を抱き、実践し、労苦を越えて幸せな人生を歩んでいただきたいと願っています。

平成30年12月吉日（自身の喜寿を記念して出版させていただきました）

日比野　満

日比野満コラム（年代別）

２００６年……第００１回～第１０８回
２００７年……第１０９回～第２７４回
２００８年……第２７５回～第４３０回
２００９年……第４３１回～第５６７回
２０１０年……第５６８回～第６８２回
２０１１年……第６８３回～第７７０回
２０１２年……第７７１回～第８４５回
２０１３年……第８４６回～第９２９回
２０１４年……第９３０回～第千の５回
２０１５年……第千の６回～第千の71回
２０１６年……第千の72回～第千の100回

日比野　満（ひびの　みつる）

1941年和歌山県新宮市生まれ。1959年和歌山県立新宮高等学校卒業。1963年名城大学第一理工学部建築学科卒業。同年岡設計入社、岡隆一氏に師事。

1972年(株)日比野設計設立。1998年日本建築士会第40回全国大会で表彰。1978年22回神奈川県建築コンクール入賞（第31回、第33回、第37回、第43回、第44回に各入賞）。1999年神奈川県優良建築工事設計監理部門表彰。1999年関東甲信越建築士会ブロック会作品表彰。2000年日本建築士会連合会優秀賞。2013年神奈川県優良建築工事設計部門表彰。

2014年(株)日比野設計会長退任。2016年顧問退任。

在職中に、「幼児の城」（保育園・幼稚園・こども園）と福祉施設研究所（老人施設・障害者施設）など、２つの特化型設計部門を確立する。

「学びて、習う」（心と力を磨く）

人生は自分次第で面白くなる

平成30（2018）年12月10日 発行

著　　者　日比野　満

編集協力　斎藤　信二

発 行 者　斎藤　信二

発 行 社　株式会社 高木書房

116-0013 東京都荒川区西日暮里5-14-4-901

電話03-5615-2062　FAX 03-5615-2064

メ ー ル　syoboutakagi@dolphin.ocn.ne.jp

印刷製本　株式会社 ワコープラネット

ISBN978-4-88471-813-8　C0012